W0468113

btb

VIOLA DI GRADO

BLAUER HUNGER

Roman

Aus dem Italienischen
von Stefanie Römer

btb

Für Martina und Ada

Lieben heißt: die Namen ausziehn

Octavio Paz

1 MUND

Wenn Xu mich beißt, wenn sie auf mir ist, nackt und böse, und mich zwischen den Zähnen hat, geht es mir gut. Es ist nichts Menschliches, aber es ist trotzdem geschehen, so wie Taifune oder Erdbeben geschehen. Es begann an einem Novembernachmittag, am Fenster ihrer Wohnung in Wujiaochang, das bläuliche Flutlicht der Einkaufszentren voll im Gesicht, und setzte sich an weniger persönlichen Orten fort. In ehemaligen Textilfabriken und Schlachthöfen aus den 1930er Jahren, Orten strotzend vor Logik und Verlassenheit, eiskalte stählerne Architektur, über Reihen ausrangierter Bleche driftendes Herbstlicht. Ich war erst seit gut einem Monat in Schanghai, doch ich kannte die Stadt bereits in- und auswendig. Die Nanjing Road, die sich wie eine Wirbelsäule durch sie hindurchzieht, die staubigen Vororte entlang des Huangpu-Flusses, die riesigen Parks mit ihren flatternden Fahnen und den Päonien so groß und rot wie die Köpfe von Neugeborenen. Die glitzernden Wolkenkratzer am Bund und den trockenen Wind, der nach Westen bläst und alles durchdringt, alles erzittern lässt, das Glas, den Stahl, die prächtigen Hecken, die zerfallenden Industriekomplexe, die Platanenreihen in den westlichen Vierteln. Ich war erst seit einem Monat da, und schon kam es mir wie ein Zuhause vor, so wie einem alles wie ein Zuhause vorkommt, das einen zugleich erstickt und beschützt.

Ich habe Xu noch nie gefragt, ob sie es auch schon mit anderen gemacht hat. Ich habe sie noch nie gefragt, ob ich die Erste bin. Aber wenn ich abends mit ihr und ihren wasserstoffblonden mageren Freundinnen ins Poxx gehe, ertappe ich mich dabei, wie ich nervös auf deren Handgelenke, die Haut, die zierlichen Fesseln schaue, voller Angst, Zeichen gleich den meinen zu entdecken. Manchmal schimmert kurz ein rosafarbener Kratzer auf einem Finger oder am Rand eines Lächelns auf. Aber das reicht nicht als Beweis, es heißt nichts: Unter dem Stroboskoplicht ist die Haut nicht gut zu sehen.

Es endet jedes Mal damit, dass ich zu viel Import-Sake trinke und allein nach Hause torkle. Nachts wirken die Straßen der französischen Konzession derart elegant, dass sie meine Unsicherheit noch verstärken. Boutiquen, Bistros, Brasserien, indirekt beleuchtete Schaufenster voller dickbäuchiger Croissants, aufgebläht von Hefe und Vanillepudding oder phosphorgrüner *Matcha*-Creme. Früher einmal war hier nur ein riesiger Sumpf. In den 1940er Jahren verwandelten ihn die Franzosen in ein schwüles Puppenhaus voller Huren. Wohlfeile zierliche Körper, gebadet in teurem Eau de Toilette. Der Bordeaux in den Kristallkelchen meilenweit entfernt von den angeschlagenen Keramikschalen der Arbeiterviertel, die aseptischen Parfümerien weit weg von den nach Pisse stinkenden Gassen und den steinernen Gossen, über denen sich Kinder händchenhaltend erleichterten. Heute ist sie das schicke Gerippe einer verlorenen Zeit. Die Geschäftsleute aus dem Westen genießen an Tischchen im Freien Avocadosalat und Prosecco, unter den beleuchteten Platanen, und fühlen sich besonders, weil sie in China leben, fühlen sich sicher, weil sie niemals den Fuß über die französische Schwelle hinaussetzen, weil sie niemals wirklich in China sein werden.

Wenn ich nicht aufpasse, biege ich falsch ab, denn viele Straßen in Schanghai haben denselben Namen und unterscheiden sich nur durch den Zusatz Nord oder Süd, Ost oder West. Ich muss nach Osten. Osten ist ein kleines Ideogramm, das einer geschlossenen Schachtel mit schief wachsenden winzigen Wurzeln im Inneren ähnelt. Sollte ich mich verlaufen, werde ich trotzdem früher oder später auf die Läden im Viertel Jing'an stoßen, meinem Viertel, die getrocknetes Rindfleisch und gedämpfte Brötchen verkaufen. Einwegrasierer, Einweggesichtscremes. Hellgelbe Suppen zum Aufwärmen. Feuchtigkeitsmasken mit einem lila Gesicht als Kappe, die Augen geschlossen, die Lippen kreisrund, wie um männliche Genitalien zu verschlingen. An der Ladendecke leuchten die ledernen Schweinsköpfe.

Sie heißt Xu, aber ich spreche ihren Namen falsch aus. Die Zunge müsste unbeweglich im hinteren Gaumen liegen bleiben, dort wo der Rachen beginnt, dann ein poetisches und fernes Pfeifen produzieren, wie gewisse Nachtvögel. Ich jedoch sprach ihn wie das X der Xanthippe oder der bunten Xylophone für Kinder aus. Ein prosaisches X, stimmlos. Es war der kakofonische Beginn unserer Liebe. Dann wurde ich besser und begann Schhhh zu sagen, als wollte ich jemanden zum Schweigen bringen. Auch das war falsch. Ich bekam den wahren Klang des Mädchens, das mir den ganzen Tag nicht mehr aus dem Kopf gehen wollte, einfach nicht zu fassen. Also gewöhnte ich mir an, sie nicht beim Namen zu nennen. Mein Mund öffnete sich, zitterte leicht, gab auf: Von außen betrachtet, gleicht das Nicht-Beim-Namen-Nennen der Person, die man liebt, dem Hunger nach Luft am Grund des Meeres.

Der Kassierer schlürft Nudeln und hört nicht, dass ich ihn grüße. »*Ni hao*«, wiederhole ich, »*ni hao.*« Es bedeutet *Dir geht es gut*, so begrüßt man sich hier: mit einer banalen Lüge über den, der vor dir steht. Auf dem Stuhl liegt eine angeleinte weiße Katze. Reglos, mythologisch. Wenn ich mich verlaufe, lande ich jedes Mal im selben *convenience store*, wie eine Kugel, die im Flipperautomaten nach unten fällt. Ich frage den Kassierer nach dem Weg zum Tempel des Friedens und der Ruhe, denn dort gegenüber befindet sich mein Hotel, das Zimmer weit oben, im einunddreißigsten Stock, wohin der Lärm der Erde nicht vordringt.

Der Kassierer ist immer der gleiche. Auch wenn ich ein anderes Geschäft betrete. Bartloses, strenges Gesicht, schmale Augen. Er öffnet eine Karte auf seinem Handy, vergrößert und verkleinert, zeigt mir Dinge, die ich nur mit Müh und Not verstehe. Komplizierte blaue Zeichen auf weißem Grund. Eine Route. Ich finde, er sieht gut aus, aber vielleicht ist das nur so, weil ich mich schon so lange einsam fühle. Wenn er mich fragt, wie ich heiße oder was ich in China mache, zeige ich ihm auf dem Handy das Ideogramm für Haus, um auszudrücken *Ich gehe nach Hause, ich will nur nach Hause*. Das Wort *Haus* kann zu einem reinen Flehen werden. Er lächelt. Ich danke ihm und kaufe

White-Rabbit-Bonbons. Sie sind von einer essbaren Folie umhüllt, die man nicht ablösen kann, die Zunge muss sie zerteilen, um an die Milch zu gelangen. Auch die Milch schmeckt nach nichts. Auf der Papierverpackung ist ein Kaninchen aufgedruckt. Es erinnert mich an ein Plüschtier, das ich mir als Fünfjährige zu Weihachten wünschte und nicht bekam. Stattdessen bekam es mein Bruder. Mein Bruder, der lauter schrie, lauter forderte, der mit seinem Geheul ganze Einkaufszentren erbeben ließ. Ich komme im Hotel an. Das ist der Ort, den ich *Haus* nenne. Das Ideogramm für Haus zeigt ein Schwein, das unter einem Dach liegt: Die chinesischen Bauern herzten ihre Schweine wie man ein Neugeborenes herzt, mit einer zutiefst bestürzten Zuneigung.

Auf dem Bett checke ich mein Handy und entdecke Xus Nachrichten. Sie sind auf Chinesisch. Es ist ihre Art, mich zu dominieren. Indem sie sich unergründlich macht, mich zwingt, sie mühsam zu enträtseln. Ich öffne die Wörterbuch-App, dann überlege ich es mir anders und schließe sie wieder. *Sadistin*, *Narzisstin*, stoße ich zwischen zusammengepressten Zähnen hervor. Diese heimlichen Beschimpfungen sind die einzigen Gelegenheiten, bei denen ich noch Italienisch spreche.

Xu mag nur wenige Dinge auf der Welt. Sie mag die Stille, Lippenstifte, die Lichtflecke auf der Wand gegenüber den halbgeschlossenen Jalousien. Sie mag Schweinemagen in *hongshao*-Soße und sie mag es, mich zu verletzen. Das Schwein in *hongshao*-Soße ist ganz einfach zuzubereiten: Man kocht es langsam in Wein, Sojasoße und Unmengen von Zucker. Wenn er fertig ist, leuchtet der Schweinemagen rot wie ein Rubin.

Ich erinnere mich nicht mehr, wie ich war, bevor ich ihr begegnet bin. Ich erinnere mich an bestimmte Dinge von mir, die jeder wissen könnte. Zum Beispiel, dass ich seit meiner Geburt in Rom gelebt habe und unzählige Fernsehserien geschaut habe, zu Hause auf dem Sofa. Ich erinnere mich, dass ich Eltern hatte, die ich liebte, ich habe sie heute noch, und dass ich bis vor sechs Monaten auch einen Bruder hatte. Ich erinnere mich an die Sukkulente mit den braunen Rändern – einen chinesischen Geldbaum – auf der Fensterbank meines Zimmers und den ohrenbetäubenden Lärm der Altglassammlung auf dem Corso Vittorio Emanuele. Ich erinnere mich, dass ich mich mit gedämpfter Stimme mit meiner Mutter stritt und von der ersten Sekunde an erschöpft war und dass meine Gefühle mitten im Streit plötzlich zu etwas Mechanischem wurden: zu etwas, mit dem ich mich kaum mehr identifizieren konnte. Ich erinnere mich, dass der Ort, an dem wir uns heftiger stritten, das Zimmer meines Bruders war. Ich erinnere mich, dass ich lange Haare hatte und viel schlief und dass ich mir vor dem Einschlafen sagte, dass ich die Pflanze am nächsten Morgen gießen würde, ganz sicher, was ich dann aber nie tat.

Mein Hotelzimmer mag ich sehr. Es ist grau und kahl und das Parkett ist unecht. Es gibt weder Vorhänge noch Jalousien, und man sieht Schanghai von oben, was schöner ist als alles, was ich je gesehen habe. Der Ventilator der Klimaanlage draußen vor dem Fenster macht ein despotisches schleifendes Geräusch, das niemals endet. Wie ein Alarm dringt es bis in meine Träume vor. Es verdrängt die Musik, wenn ich von meinem Bruder träume, der Klavier spielt und lacht.

Ich weiß, dass jedes Zimmer der sechsunddreißig Stockwerke des Hotels denselben Ventilator hat, und das beruhigt mich: die Vorstellung, etwas mit den anderen gemeinsam zu haben, abgesehen von den grundsätzlichen menschlichen Merkmalen. Ein kleines Bild über meinem Bett zeigt etwas Rätselhaftes. Ein Tier vielleicht oder eine von Dürre heimgesuchte vertrocknete Landschaft. Die Linien sind derart abstrakt, dass man gezwungen ist, seine Fantasie zu bemühen, aber nicht so abstrakt, um einem Frieden zu schenken. Ab und an wünsche ich mir, jemandem im Aufzug zu begegnen, doch dann habe ich jedes Mal, wenn jemand einsteigt, einen Kloß im Hals.

Xu hat teerfarbenes Haar und ist wunderschön. Zartgliedrige Hände, Wahnsinnsbeine. Ein dunkles, leicht schiefes Lächeln. Sie könnte Harfenistin sein oder über die berühmtesten Laufstege der Welt defilieren. Sie könnte eine Traumschwiegertochter sein, eine von denen, die bei Familienessen mit glänzenden Augen heraufbeschworen werden. Sie könnte vieles sein. Sie ist nichts. Sie ist die, die ich liebe. Sie ist die, die mich nicht lieben kann. Wenn ihr rauer Mund auf mir ruht, denke ich ganz fest an überflüssige Dinge, zum Beispiel daran, dass die Sprache nicht aus derselben Öffnung kommen sollte wie Erbrochenes und Auswurf.

Wenn ich mich frage, wie ich war, bevor ich Xu begegnet bin, fällt mir das Gesicht meines Bruders Ruben ein, sein weizenblondes Haar und die gerade Nase, die wenigen Worte, der feste und strahlende Blick wie die Leuchtschrift eines Hotels nach einer langen Reise. Ich bin es gewohnt, an ihn zu denken und nicht an mich. So ist es bequemer, denn er war der Bessere. Die Tatsache, dass er tot ist, macht diese Übung noch wirkungsvoller.

Noch immer ist Samstag. Noch immer ist Nacht. Mir ist schwindlig. Ich stelle das Handy auf Flugmodus und esse kleine pechschwarze Reiskuchen. Ich esse zu viele. Ich esse, bis mir schlecht wird. Sie sind schwammig und geschmacklos und mir ist, als äße ich die feuchte Nacht gewisser Gassen hinter dem Hongqiao-Bahnhof. Das ist der Ort, an den ich mit Xu gehe, um die gelbe Pille zu holen. Die gelbe Pille enthält Schlangengalle und dämpft das Bedürfnis nach Sicherheit. Sie wirkt auf die Amygdala, gibt dir das Gefühl, als wäre dein Gehirn in eine Fleecedecke gehüllt. Wenn du zwei nimmst, fühlst du dich selbst auf dem Beifahrersitz eines Ferraris sicher, der mit dreihundert Sachen über die Landstraße brettert. Xu ist mein Ferrari mit dreihundert Sachen. Sie ist die, die mich in Gefahr bringt und mich den banalen Traum vergessen lässt, der alle Menschen verbindet: in Frieden zu leben, in Sicherheit, in Frieden und Sicherheit zu leben.

Es ist der 18. November. In einigen Wolkenkratzern, draußen vor der dicken Fensterscheibe, gehen die Lichter aus, nur nicht im Fitnessstudio, in dem noch immer wie Fische dunkle Silhouetten von Frauen umherwimmeln. Die Büros bleiben schwach beleuchtet, ein diesiges fahlgelbes Licht, das bis Tagesanbruch durchhalten wird, und ich schaue auf Netflix *Das Fast-flachgelegt-Komitee*, bis mir die Augen zufallen, und will nicht mehr wissen, was Xu mir schreibt.

2 TRÄNEN

Ich kam am 2. Oktober in Schanghai an. Gegen Ende des längsten Sommers seit fünfzig Jahren. Aber auch des taifun- und überschwemmungsreichsten Sommers. Hundertachtundvierzig Tage Schwüle bisher – ein Rekord für Schanghai – und vier Taifune in Folge. Während ich mich in Rom mit der Bürokratie rund um den Tod meines Bruders herumschlug (Testament, Todesanzeige, Bekanntmachung in den sozialen Medien), fegten Lekima und Lingling, Tapha und Mitag über Schanghai hinweg. Einer nach dem anderen, mit ihren gutturalen Namen gleich Tobende Frachten aus Wind und Staub. Während ich in Rom die letzten Tränen weinte, bevor jene Stelle in meinem Herzen verdorrte, die für immer und ewig Ruben allein gehören wird, hatten diese Taifune ein Drittel der gesamten Niederschlagsmenge des Sommers mitgebracht. Nach all dem Wasser, schrieben die Zeitungen, würde der Herbst ungewöhnlich trocken und sonnig werden. Fortgespült sämtliche Gewalt, sämtliches Gefühl. Ein Ende aus Licht und Not, wie ein jeder Friede. Eine Kapitulation.

Vor dem Flughafen von Pudong empfing mich dunkler Nebel. Es war Nacht. Es war nicht Nacht, es war achtzehn Uhr. Gegen den Wind gestemmt erreichte ich den

Taxistand. Ich vermisste meine Eltern. Aber ich war siebenundzwanzig: zu alt für diese Art von Heimweh ganz nah an der Angst. Abgesehen davon gab es den wichtigsten Teil meiner Familie nicht mehr. Weder in Italien noch irgendwo sonst im Universum. Meinen Bruder. Meinen Zwillingsbruder. Er wollte Koch werden, er wollte in China leben, in einem Stockwerk weit oben, dem Himmel ganz nah. Ich winkte dem ersten Taxifahrer in der Reihe.

Durch das Fenster wirkte die Stadt viel zu groß. Ausgebeult in alle Richtungen. Die leuchtende Peripherie der Wolkenkratzer, die labyrinthischen Straßen, der eisige Schimmer der weißen Neonschriften der *convenience stores* wollten sich in meinem Kopf nicht zum Begriff »Stadt« zusammenfügen: Es gab keine Ordnung, nur Zusammenballung, wie in einem Traum, der unsere seelischen Verletzungen über zufällige Erinnerungen krümelt, der die Körper mit Symbolen und Filmen aus dem Fernsehen vermischt. Ein spektakulärer und verhängnisvoller Traum, der mit dem Erwachen ausradiert wird. Wir blieben stehen, gefangen im Stau, neben einem gigantischen Märchenschloss: der russischen Botschaft.

Der Taxifahrer ließ mich aussteigen und wies mit knorrigem Finger auf das Ende der Straße hinter einem wabenförmigen Gebäude mit blauen Fenstern. Das Hotel befand sich in der Nummer 199 einer Straße, die laut Beschilderung nur bis zur 129 ging. Ich umrundete den Block dreimal, eingehüllt in einen dichten Nebel aus Smog und Frittierdunst. Das Viertel war ein Labyrinth aus Hochhäusern und Geschäften. Automatische Türen von *convenience stores* öffneten und schlossen sich im Schein kalten Psychiatrielichts. Hände arrangierten mitten auf der Straße gedämpfte Brötchen in Weidenkörben. Es war Abendessenszeit. Hinter den Fenstern der Restaurants sah ich Leute, die sich gierig über vollbeladene Tische beugten. Ich verlor das Wabengebäude aus dem Blick. Ich suchte es mit den Augen, suchte nach den Fenstern, aber das Blau war verschwunden.

Ich kam zweimal an dem Geschäft mit den Schuhen vorbei, die andere Schuhe imitierten, und dreimal an dem für lokale SIM-Karten. Danach öffnete sich die Straße zu einem schmalen Platz hin, einer Feuerwehrkaserne, einer Reihe geschlossener Restaurants. Ich begriff nicht, wohin ich gehen sollte, und wurde immer nervöser. Ein Mädchen in Rosa mit einem zu großen Kopf rief einem zweiten auf der anderen Straßenseite etwas zu, im Licht einer Laterne, inmitten des Autolärms, und es war eine Erleichterung, nichts verstehen zu können, ich war so müde, war aller Dinge müde, auch der diktatorischen Forderung meines Gehirns, alles verstehen zu müssen.

Schließlich entdeckte ich ein schmiedeeisernes Tor, ich ging hindurch, und da war es, das Hotel, eine 199, eingebettet in die 128 und die 129, mit im Wind wehenden Fahnen. Die Rezeption befand sich im einundzwanzigsten Stock, verborgen hinter einer Kunstpflanze mit fleischigen glänzenden Blättern. Der junge Mann am Empfang hatte grüne Haare und sprach kaum Englisch. Natürlich auch kein Italienisch. Seine Stimme war schrill, penetrant. Ich redete und gestikulierte, er verstand mich nicht, ich war den Tränen nah. Ich hatte reserviert. Natürlich, gewiss doch. Wer? Die Sprachschule Dianzhou? Nein, ich. *Können*

Sie mir nochmal Ihren Namen nennen? Ich skandierte die Silben, leierte die Wörter wie einen Rosenkranz herunter, betäubt von den Schwierigkeiten, von der Wüste, die sich gleichgültig unter der Sprache ausdehnt. Zwischen den Silben hielt ich jedes Mal kurz inne, um dem Jungen mit den grünen Haaren die Möglichkeit zu geben, sich im Sinn des Wortes zurechtzufinden.

Ich versuchte mich aus dieser Situation zu retten, wie ich es immer getan hatte: indem ich anstelle meines Namens, nach dem mich der Rezeptionist mit verlegenem Blick und voller Sorge, ihn falsch geschrieben zu haben, wieder und wieder fragte, den meines Bruders aussprach. Ruben, Ruben, Ruben. Eine Zauberformel. Er hatte mir immer bei allem geholfen. *Ruben, mach, dass der Drucker wieder funktioniert, Ruben, mach, dass es mir wieder gut geht, tröste mich, weil ich verlassen worden bin und mich einsam fühle, weil es draußen regnet und der Fleck auf meiner Bluse nicht mehr verschwindet … Ruben. Ruben? Ruben. Ruben, ich hab trockene Hände, trockene Augen, schau, wie blass ich bin, Ruben, ich bin wie diese Kunstpflanze auf dem Tresen, ich bin …*

Meine Lippen bebten. Der junge Mann sagte immer wieder *sorry* und suchte aufs Neue im Computer. Ich sah die Pflanze an, und die Stimme des Jungen schien aus diesen Blättern mit ihrem trägen matten Grün zu kommen. Ich zeigte ihm eine Mail auf meinem Handy, und er fand die Reservierungsnummer. Er überreichte mir eine bunt schillernde Schlüsselkarte.

3 AUGEN

Ich schlief elf Stunden. Um sechs Uhr morgens wachte ich, noch immer todmüde, vom Rascheln einer Zeitung auf, die unter der Tür durchgeschoben wurde. Hastig sprang ich aus dem Bett. Eine Zeitung für Ausländer, in Englisch. Hochglanzseiten voller Bilder. Bau einer 2 135 Meter langen Brücke in der Provinz Guizhou genehmigt. Gewitter brauten sich zusammen. Einer Frau waren die Augen ins Handtuch geplatzt, nach dem Duschen, in einem Viersternehotel in Pingyao.

Ich drehte den Hahn auf und schenkte mir ein Glas Wasser ein. Es roch chemisch, beißend. Ungenießbar. Ich suchte in meinem Koffer nach dem Espressokocher, den ich aus Italien mitgebracht hatte, und verwendete das Wasser, das ich im Flugzeug gekauft hatte. Am Fenster sitzend, wartete ich, bis der Kaffee fertig war. Draußen erstrahlte Schanghai in seiner komplizierten glasigen Schönheit. Man sah den goldenen Tempel des Friedens und der Ruhe und die glänzenden Löwen auf seinen Türmen. Einen graublauen Horizont, übersät von Wolkenkratzern und trübe vor Smog. Unten, in den Straßen, einen wimmelnden Menschenteppich. Ungläubig sagte ich mir: *Ich bin in China*. Als müsste ich mich selbst von der Pappkulisse eines Schultheaters überzeugen. Als wäre das nicht mein Leben. Tatsächlich war es das nicht.

Ich grub das Telefon aus dem Rucksack und schaltete es ein. Zehn Nachrichten von meinen Eltern und fünf von Michele. Meinem Ex. Seinen Namen auf dem Display zu lesen, ließ mich kalt. Am ersten Oktober, kaum fertig mit dem Kofferpacken, hatte ich über WhatsApp mit ihm Schluss gemacht. Es regnete und ich saß auf dem geschlossenen Klodeckel, nur wenige Stunden vor meinem Abflug. Von seiner folgenden elfminütigen Sprachnachricht hörte ich nur die ersten zwei Minuten an. Er hatte eine sanfte Stimme, weich wie eine frisch gemähte Wiese, er war nett, aber ich brauchte nichts Nettes mehr.

Draußen herrschte drückende Hitze. Gegenüber dem Hotel verströmte der Außengrill eines ägyptischen Restaurants den Geruch von tierischem Fett und Kümmel. Dahinter mündete die enge Straße, die Yuyuan Road, in einen Platz. Er war riesig, abstrakt. Dominiert von einem Art-déco-Gebäude in Rot und Gold. Prächtig und dekadent, dort mittendrin in Sicherheit gebracht wie das Gespenst eines vergangenen Ortes. Ein Nachtlokal aus den 1930er Jahren, erst bankrott, dann Kino für maoistische Propaganda, schließlich sich selbst überlassen: ein ruinöses Schloss im Herzen einer immer stärker technologisierten Stadt, bis es eines regnerischen Tages im Jahr 1990 plötzlich seitlich in sich zusammenfiel, wie die morschen Knochen eines toten Tiers, und einen Passanten erschlug. Nun gehörte es zu den Top Ten der angesagtesten Diskotheken. Renoviert, neu aufpoliert, mit diesem schaurig-sentimentalen Flair keuscher Tänze des frühen zwanzigsten Jahrhunderts und niemals laut ausgesprochener Leidenschaften. Es hieß Paramount, auf Englisch, oder *bailemen*, auf Chinesisch, was so viel bedeutet wie *Das Tor der hundert Freuden*. Jedes Mal, wenn ein ausländisches Wort in chinesische Schriftzeichen transkribiert wird, vervielfältigt es sich wie ein Kunststoffkörnchen in einem Kaleidoskop: Zu seiner ursprünglichen Bedeutung, seinem Klang, der in der neuen Sprache nachgebildet wird, gesellen sich neue Bedeutungen, die jedes Ideogramm mit sich bringt. Jedes ins Chinesische transkribierte Wort ist ein Tor der hundert Bedeutungen, der hundert Freuden. Spricht man es aus, ohne sie zu kennen, wird einem ganz mulmig. Ich ging an dem Gebäude vorbei, kaum in der Lage, den Blick abzuwenden. Das Paramount schimmerte fahl, beinahe unsichtbar im grellen Licht der Sonne.

China war Rubens Traum, nicht meiner. Er hatte jahrelang davon geträumt. Von den Tempeln, dem Bambus, den geschminkten Masken der Pekingoper. Einem riesigen, zerebralen, scheinheiligen China. Mit dreizehn Jahren sammelte er die zerknitterten Zettel aus den Glückskeksen: *Freundschaft ist ein wertvoller Schatz, Die Zukunft wird dich erstaunen*. Mit siebzehn kaufte er Essstäbchen und getrocknete Algen in den asiatischen Supermärkten hinter der Piazza Vittorio. Er wollte ein gehobenes Restaurant mit experimenteller italienischer Küche in Schanghai eröffnen. Nicht den üblichen folkloristischen Kram. Einen Ort, der fantasievolles Essen bietet und deine Laune hebt. China. Das Land der Philosophie und der *sex dolls*. Sie sind ein Grundbedarfsgut: Auf 113,5 chinesische Männer kommen nur 100 Frauen. Gegen diesen *gap* gilt es Abhilfe zu schaffen. Abhilfe gegen die Einsamkeit. Jedes Jahr werden Abertausende verkauft. Der höchste Umsatz weltweit. Geöffnete Lippen, Haut aus teurem Silikon, starrer schmachtender Blick. Sie bewegen die Arme und raunen dir zärtliche Worte zu. Sie sind die Schönsten, die Realistischsten, die Geeignetsten, um die Menschen von ihrer Marotte zu heilen, echte Menschen zu lieben. *I want you, I love you, hold me tight.*

Ich bog in eine riesige, von Platanen gesäumte Straße ein, in den Baumkronen hing ein Gewirr aus Lämpchen. Ich wusste nicht, wo ich war. Dann sah ich das Straßenschild: Nanjing Road/ Nanjing Lu. Man konnte den Namen so oder so sagen, wie bei jeder Straße: auf die richtige oder die hybride, halb englische Art. Ich wiederholte den Namen zweimal, um mir einzuprägen, wo ich mich befand. Wohin ich zurückkehren musste, falls ich mich verirrte. Ich merkte mir das Geschäft mit den Einhorn-T-Shirts. Die wehende Fahne darüber. Mein verschwommenes Spiegelbild im Schaufenster: Binnen weniger Monate, während mein Bruder schwand und schließlich kaum noch Platz beanspruchte, bis er schließlich starb, bis er sich mit den Erdkrumen vermischte, hatte ich kräftig zugelegt. Gute fünf Kilo. Dieser Gewichtstausch hatte etwas Logisches, wie ein physikalisches Gesetz. Er hatte etwas Schreckliches.

Ich lief stundenlang. Folgte den Bäumen hin zu einem Horizont aus Eisen und Licht. Alles war wunderschön, es gab nichts, das nicht wunderschön war. Die leuchtenden Hochhäuser, die gepflegten Hecken, die zehnstöckigen Luxusgeschäfte, die Schaufenster voller prächtiger Blumen. Die Platanen mit ihren nervösen dicken Zweigen, in ihrer Anmutung an Plastikweihnachtsbäume erinnernd. Unbehagen beschlich mich. Ich war an brüchige Schönheit gewohnt, an die überquellenden Müllcontainer in Rom zwischen Amphitheatern und mittelalterlichen Kirchen. In Schanghai hingegen schien sich die Schönheit ununterbrochen zu wiederholen, mit erstickender Kontinuität. Models mit scharfen Wangenknochen posierten reglos auf goldenen Stühlen, auf den Dreh eines Werbespots für importierte Parfüms wartend. Schauspielerinnen überquerten die Straße, in luxuriöse *Qipaos* der 1920er Jahre gehüllt, das Haar aufgetürmt, der Blick aseptisch. Kleine Mädchen mit Gesichtern so rund und leuchtend wie Zitrusfrüchte posierten auf den Marmortreppen vor Plakaten, die mit riesigen Schriftzeichen für etwas warben. Väter mit auf Hochglanz polierten Mokassins schossen Fotos. Ich betrat einen *convenience store*, in den Regalen lagen rosafarbene und gelbe Puppen und in Kunststoffvitrinen Fertiggerichte. Ich zeigte auf ein Dampfbrötchen, biss vor aller Augen hinein, es war kochend heiß.

Draußen, auf der riesigen Straße, spiegelte sich die rote Sonne in den Fassaden der Wolkenkratzer, den kantigen von Gucci und Armani und den grazilen der Multis, und verlieh ihnen das künstliche, grelle Leuchten eines Filmsets. Es war siebzehn Uhr, viel zu früh für einen Sonnenuntergang im Spätsommer, zumindest für mich mit all meinen italienischen Erinnerungen, mit all den lichtdurchfluteten römischen Plätzen, die ich noch im Kopf hatte. Ich befand mich in der Stadt des Geldes und der schnellen Liebe. Der Häuser, die bis in den Himmel gebaut wurden, damit man das um Gnade flehende Leben unten auf der Erde nicht mehr sah. Wo waren die Bettler, die Obdachlosen? In Chinas Geschichte war Schanghai schon immer die Stadt des Luxus gewesen. Der prunkvollen Mode, der Technologie, des glamourösen Lebens. Sie war es nach wie vor. Man konnte es überall sehen. Das gespenstische Glitzern des Überflusses. Den Trieb, sich aufzuschwingen aus dem Elend, mit diamantbesetzten Importflügeln aus dem Westen. Die Leichtigkeit. Die kindliche, allmächtige Hoffnung, nie mehr die brandige Seite des Lebens zu sehen. Schanghai war nach wie vor die reichste, die arroganteste, die großartigste Stadt. Uralte chinesische Tradition, gewiegt in den Armen reicher Europäer. Mir taten die Füße weh, aber ich wollte so viel Strecke wie möglich zurücklegen. Gehen ist besser als verstehen. Es ist tröstlicher. Die fremden breiten Straßen anstelle der Gedanken setzen. Ich wollte nach Hause, aber zu Hause war da, wo Ruben war, und Ruben war nirgends mehr.

Ich ging bis zum People's Square. Ein riesiger chaotischer Platz, übersät von ausgeschalteten Leuchtreklamen. Dutzende Metroausgänge klafften im Asphalt und ließen den Eindruck entstehen, die gesamte Fläche würde gleich wegsacken. Im Zentrum ein langgezogener Park, auf den Wegen zahllose aufgespannte Regenschirme postiert. Ich betrat ihn. Es war fast dunkel.

Auf jedem Schirm war ein liniertes Blatt befestigt. Die Hitze stieg vom Pflaster des Parks auf und schien sich in die aufgedunsenen, quadratischen Gesichter der Frauen um die fünfzig einzubrennen, die hinter den Schirmen saßen. Sie unterhielten sich. Waren nervös. Ihre Gespräche klangen, als müssten sie sich übergeben. Sie hatten muskulöse Arme und traurige Augen. Ich konnte nicht aufhören, an die Frau zu denken, von der ich gelesen hatte: wie sie auf der Toilette saß, nackt, im Schoß die Augäpfel, in das Handtuch eingewickelt wie Küken.

Ich versuchte zu entziffern, was auf den Schirmen geschrieben stand. In der Dunkelheit war es noch schwieriger. Wo war ich hier eigentlich gelandet? Die Schrift wirkte fahrig, wie ein Hilfeschrei, die Blätter schlampig abgerissen. Ich kannte nur wenige chinesische Wörter, doch die Struktur der Sprache hatte Ruben mir in den letzten zwei Monaten seines Lebens in groben Zügen beigebracht. Ich blieb stehen, um eine der Botschaften auf den Schirmen zu entziffern, mühsam und mithilfe des Wörterbuchs auf meinem Handy: *Mein Name ist Ling, ich bin 30 Jahre alt, ich gehe gern spazieren und in den Zirkus. Wenn du groß und freundlich bist, dann bist du meine Liebe. Melde dich unter dieser Nummer.*

Ich las weitere Blätter. Zwei, drei, zehn. Es waren Heiratsannoncen. Lakonisch und schicksalsergeben. Die Frauen, die überall im Park hinter aufgespannten Schirmen lauerten, waren die Mütter von Töchtern auf der Suche nach einem Ehemann. Auf jedem Schirm ein Flehen nach Liebe, nur notdürftig festgeklebt mit zwei Streifen Tesa.

Ich kehrte nach Hause zurück, indem ich den Platanen folgte. Wie einer Landkarte. Es waren London-Platanen. Geduldige Bäume, resistent gegen Krankheiten und Trockenheit. Versehen mit zaghaften Wurzeln, die der Straße keinen Schaden zufügen. Perfekt, um wie Waisenkinder über eine unendliche Metropole verstreut zu werden. Perfekt, um sich selbst überlassen zu werden. Wie unter

Zwang stoßen sie ihre grünliche Rinde ab, eine fortwährende Entsorgung, um sich vom Smog der Stadt zu befreien. Irgendwann wurde es zu dunkel und ich war völlig erledigt. Ich winkte ein Taxi heran, zeigte dem Fahrer auf meinem Handy die Adresse. Er gab ruckartig Gas und bog in eine dunkle Gasse ein. Ich hatte alles über China gelesen. Um diesem Traum, der nicht der meine war, gerecht zu werden, um ihn glaubwürdig wiederzugeben, wie eine Schauspielerin einen schwierigen Text in einer fremden Sprache. Ich hatte alles studiert. Die Geschichte und die Poesie, die Intelligenz der Sprache: eine Sprache mit vielen Symbolen und wenig Grammatik, eine abstrakte und musikalische Sprache, entstanden, um mit den Göttern zu kommunizieren. Durch das Fenster sah ich, ganz kurz nur, einen Bettler auf dem Boden sitzen. Er hielt eine Milchtüte in der Hand. Ein Polizist verjagte ihn aus der Ferne mit einem schrillen Pfiff. Er hastete davon und verschwand in der Dunkelheit. Ich spürte, wie mir vor Scham die Wangen brannten, als hätte ich Fieber.

4 PICKEL

Tags darauf begann der Unterricht. Ich hatte bereits in Rom Italienisch als Fremdsprache unterrichtet, aber diesmal war es anders. In China lernen diejenigen Italienisch, die in der Zulassungsprüfung nicht genügend Punkte erreicht haben, um Englisch, Französisch oder Deutsch wählen zu können. Italienisch ist in China die Sprache der Verlierer. Ich fragte mich, ob meine Klasse trotzdem zu begeistern sein würde. Zu begeistern für die Früchte ihres persönlichen Versagens. Vielleicht war es an dieser Schule, außerhalb des universitären Rahmens, anders. Um acht Uhr machte ich mich auf den gut dreihundert Meter langen Weg, der mich von der Schule trennte, mir mit einem Flugblatt Luft zufächelnd. Der Himmel war wolkenverhangen, geschwängert von chemischen Ausdünstungen und den Grillaromen der Straßenküchen.

Die Schule war orange. Die Toiletten waren orange, mit kaputten Wasserhähnen und darüber den rechteckigen Umrissen einstiger Spiegel. Das Klassenzimmer war orange. Als ich mich ans Pult setzte und meine Notizen herausholte, fiel ein Schwarm Mücken über mich her. Die Mücken hatten mein Blut schon immer gemocht. Ich verjagte sie nie. Ihr Hunger erschien mir als eine Form der

Liebe. Jede Invasion erschien mir als eine Form der Liebe. Das war ein angeborener Defekt von mir. Als Kind hatte ich in den Sommernächten die Fenster aufgerissen, alle Lampen angemacht und Arme und Beine weit von mir gestreckt, damit sich alle Insekten aus der Umgebung besser darauf niederlassen konnten. »Kommt, meine Kleinen«, flüsterte ich leise, damit nur sie es hören konnten.

Begonnen hatte alles vermutlich im Uterus. Im Goldfischglas, das ich mir mit meinem Bruder teilte. Schon als Fötus steht man vor der Wahl, wie viel Raum man einnimmt. Der Körper entscheidet sich ganz allein, er erschafft ein Geflecht, eine Art bedrückende Harmonie. Doch einmal geboren, mussten wir uns rational entscheiden. Jeden Tag aufs Neue. Wo er war, würde ich nicht sein. Wer bekam die innigste Umarmung, die süßeste Zuwendung. Die Liebe, die ihm geschenkt wurde, würde mir nicht geschenkt werden. Instinktiv, fast schon krankhaft geduldig, hatte ich beschlossen, diejenige zu sein, die weniger Platz einnahm. Die anderen waren meiner Entscheidung gefolgt. Ruben bekam die schöneren Weihnachtsgeschenke und die größere Portion Pommes frites. Die Erwartungen der Erwachsenen an die Zukunft. Es steckte keine Logik dahinter. Nur mein Opfer, zufällig dargebracht, wie der abgebrochene Stachel, den eine Biene im Arm hinterlässt, bevor sie stirbt.

Die Klasse sah mich ratlos an. Alle saßen stocksteif auf ihren orangen Stühlen. Stifte und Hefte symmetrisch auf den Tischen angeordnet. Elektronische Wörterbücher auf Stand-by. Es waren fast nur Mädchen. Teils schön, teils hässlich. Teils einfach nur durchschnittlich. Sie hatten rubinrote Pickel auf den Wangen und starre Augen. Ein heftiges Verlangen stand ihnen ins Gesicht geschrieben, orange wie das furiose Finale eines Sonnenuntergangs: der Wunsch zu lernen oder vielleicht auch nur, erwachsen zu werden und eine Arbeit zu finden. Ich trat die Nachfolge einer anderen Frau an, die ich vor meiner Abreise auf Facebook entdeckt hatte: mütterliches Gesicht, sirrender chilenischer Name, ich wusste nicht, was mit ihr geschehen war.

Ich holte Bücher und Stifte hervor und begann mit dem Einzigen, das ich wirklich konnte. Unterrichten. Unterrichten war für mich kein Akt der Freigebigkeit. Auch nicht der Solidarität. Es war ein Mittel, die Dinge loszuwerden, die ich im Kopf hatte. Ich betrachtete die Schülerinnen mit ihren auf den Tischen aufgereihten Heften. Wie es wohl für sie war, sich in einer Sprache zu artikulieren, die nicht Chinesisch war? Chinesisch ist tonal: Es musste seltsam und vielleicht auch betrüblich für sie sein, Wörter auszusprechen, die keines inneren Tons, keiner zwingenden Musikalität bedurften.

Wir begannen mit einer Vorstellungsrunde.

»Ich bin Di«, sagte das zierliche Mädchen in der ersten Reihe. Sie war bildhübsch und in Grau gekleidet. Sie fühlte sich offenbar unwohl. Hielt den Blick gesenkt.

»Was ist los?«, fragte ich.

»Unsere frühere Lehrerin hat uns erlaubt, italienische Namen zu haben«, sagte sie und wurde rot. »Kann ich Elena sein?«

»Aber ja doch. Natürlich kannst du Elena sein. Du kannst sein, wer du willst.«

Sie lächelte erleichtert.

Da sich die Lehrerin geändert hatte, konnten sie abermals ihre Namen ändern. Jemand anders sein. Vielleicht war es eine Art Erneuerungsritual.

»Ich möchte Flavia sein«, sagte ein Mädchen mit vorspringender breiter Stirn hinter ihr aufgeregt. »Ich bin Claudia!«, rief eine andere in einer gepunkteten Bluse begeistert. Ein wildes Stimmendurcheinander von Mädchen, die über neue Namen nachdachten, erhob sich. Sie sprachen sie flach und inbrünstig aus, wie heilige und unergründliche Formeln. Das Klassenzimmer barst vor Begeisterung.

Der einzige Junge der Klasse gab sich den Namen Filippo. Auch ich wollte nicht mehr ich selbst sein, sondern jemand anders, jemand weniger Bestimmtes. Eine nette und etwas autoritäre Lehrerin, wie es sie zuhauf gibt. Eine, die niemals Fingernägel kaut und Schuhe mit hohen Absätzen trägt, die niemals als Erste grüßt und jeden Gruß mit einem zerstreuten, aber herzlichen Lächeln erwidert. Ich sagte ihnen, sie könnten mich Xin nennen, sprich »die Neue«. Dies sei, sagte ich, mein übersetzter Name – auch Lügen war Teil der Erneuerung. Während ich das Klassenzimmer verließ, fiel mir zu meinem Ärger ein, dass *xin* auch »Herz« bedeutet: dasselbe Schriftzeichen, derselbe Klang, wie ein Glas, das zerspringt.

Ich aß irgendetwas Kaltes in einem überfüllten Park. Totes Laub, bonbonfarbene künstliche Seen. Wie Insekten durch die Schwüle schwirrende Kinder. Ein Lied aus den 1930er Jahren, schmachtend und undeutlich, kam aus dem Nirgendwo, schien den im Zement eingelassenen Steinlöwen zu entströmen. Ein alter Mann fragte mich in flehendem Ton auf Englisch: »Wie viel Uhr ist es?«, um gleich darauf selbst zu antworten: »Ein Uhr, immer noch ein Uhr.« Aus der Ferne stieß ein Polizist einen Pfiff in seine Richtung aus, und er löste sich in Luft auf. Auf einem Schild stand STAY OUT OF WATER.

Nach dem Mittagessen spazierte ich bis zum Yu-Garten. Der Parkanlage aus dem 16. Jahrhundert. Überall bizarre Felsen und irgendwo dazwischen ein in den Himmel ragender Drache mit weit aufgerissenem schwarzen Schlund. Draußen war Markt: ein Freiluftmobile aus roten Pagoden und zerfallendem Beton. Papierlaternen. Gummiartiger Aal, serviert in kleinen Schachteln. Gefrorener Joghurt. Geschäfte, die aromatisierte Tees oder Schmuck verkauften: Luxusläden, auferstanden aus den Trümmern von Baustellen.

Es war schön, nicht in Rom zu sein. Rom war der Ort, an dem ich gelebt hatte und an dem Ruben gelebt hatte und an dem er gestorben und ich weiterhin am Leben gewesen war. Natürlich war Rom auch der Ort der imposanten Ruinen, jener von der Zeit und der Hitze zerfressenen steinernen Amphitheater, mit anderen Worten, Rom hatte seinen eigenen Tod, der einzig und allein zu seiner Architektur und Geschichte gehörte und nichts mit mir und meinem Bruder zu tun hatte. Aber es war unmöglich, meine Gefühle von dem Ort zu trennen, an dem sie entstanden waren.

Ich ließ mich zwischen den Steinen nieder, während fröhliche Fremde Fotos machten. Die chinesische Haut schwitzt kaum. Sie ist geruchlos, aber oft fettig. Manchmal erscheinen mir die kleinen Pickel auf den milchigen Gesichtern der Mädchen im grellen Sonnenlicht wie kostbare Juwelen, und ich würde mich den jungen Frauen gern nähern, um über irgendwas mit ihnen zu reden. Aber sie sind nie allein. Sie sind stets in Begleitung ihres Freundes oder ihrer Familie, stundenlang sitzen sie zusammen auf den Bänken, lachend, essend, singend. Ein solch langer Sommer lullt die Glücklichen in ein schläfriges Glück, ohne Wochen und ohne Zukunft. Er wird nicht lange währen, dieser Friede. Die Taifune vom Juli, so hatte ich in der Zeitung für Ausländer gelesen, hatten eine heimtückische, aber gravierende Veränderung bewirkt. Der Unterschied zwischen Tag und Nacht würde größer werden. Wie zwei getrennte, schlecht aneinandergefügte Welten. In den Vorstädten würde es immer kälter werden. Die Träume würden zu Eis erstarren.

Ich ging über die Zick-Zack-Brücke: arsenfarbenes Wasser, Lotusblumen aus Plastik. Eine Bucklige mit Augen wie Löchern erklärte mir, die Brücke halte die bösen Geister fern, da Dämonen nur geradeaus gehen. Kurz gesagt, die ständigen scharfen Knicke brächten sie um. Die Frau verkaufte schäbige alte Armreife. Aus reiner Gefälligkeit zog ich einen über, aber er brach entzwei. Die Frau begann zu schreien. Ich drehte mich um und ging, tauchte unter in dem nach Vergnügen und Unbeschwertheit lechzenden Menschengewühl. Auf den gewellten Dächern der Pagoden wurden kleine gelbe Lichter entzündet. Finger, warm und trocken wie Baumrinde, krallten sich um mein Handgelenk. »*Money, money, money*«, hörte ich jemanden kreischen. Es war die Frau mit den Armreifen. Ihr Mund war breit, feucht, voller verfaulter Zähne. Sie stieß mich nach hinten, ich wankte. Zornig zischte sie etwas anderes. Ich verstand sie nicht. Ich verstand sie nur zu gut. »*Look at you. You ugly bitch.*«

5 GESICHTER

Das Rascheln der Zeitung weckte mich. Es war kurz nach zehn. In Rom wäre mir das nie passiert. In Rom schlief ich tief und fest. Nur in Schanghai hatten die leisen, sirrenden Geräusche diese Macht über mich. In Schanghai waren meine Nerven stets zum Zerreißen gespannt und die Maschen meiner REM-Phase viel lockerer: Alles kam durch. Ich griff nach der Zeitung. Das Wetter: strahlender Sonnenschein, keine Wolken. Ein ohne Augen geborenes Findelkind aus Nanzhou. Alle sechs Monate wurden ihm, da es wuchs, neue Augenimplantate eingesetzt, um einer Verformung des Kopfes vorzubeugen. Die Adoptivmutter auf dem Foto hielt es mit einem apathischen Lächeln im Arm, die rechte Hand auf dem weißen Schädel, einem Schädel gleich einem Straußenei.

Unter der Dusche kamen mir die Worte der Frau auf dem Markt wieder in den Sinn. Gehässige Worte, zwischen den Zähnen hervorgestoßen. Hatte sie tatsächlich *Hässliche Schlampe* gesagt? Nein, unmöglich. Ich trat aus der Dusche und betrachtete meinen Körper im Spiegel. Vom Hals an abwärts. Das Gesicht war okay, denn hin und wieder tauchte Ruben hinter den Augen auf, wie ein Gerstenkorn, ein Hauch von Blut und Ähnlichkeit. Den Rest hasste ich. Den leicht rundlichen Bauch. Die Schenkel. Angewidert berührte ich die weißen Wellen der Dehnungsstreifen. Niemand trug Schuld daran, dass ich meinen Körper hasste. Nicht meine Eltern, nicht meine von Schüchternheit und Paranoia geprägte Jugend, und auch nicht die Kuchen, die ich nach der Beerdigung jeden Abend während meiner Serienmarathons auf Netflix in mich hineinstopfte, bis ich beinahe platzte und Bauchschmerzen bekam. Vielleicht trug auch Ruben keine Schuld, der es gewagt hatte, krank zu werden und mich alleinzulassen. Wie man Kuchen backt, hatte er mir beigebracht: Eifrig knetend, die emsigen Finger im Mehl versunken, versuchte ich mich an die richtigen Mengen von Zucker und Butter zu erinnern. Kauen, schlucken, bis sich irgendeine Empfindung regt. Schnell zog ich mich an.

Der Unterricht wollte kein Ende nehmen. In der Mitte der ersten Doppelstunde ging ich auf die Toilette, um mein Make-up aufzufrischen. Ich trug ein schwarzes Kostüm. Im Spiegel der Puderdose konnte ich nur Teile von mir sehen. Teile des Busens, der Beine, der Unterarme. Es waren immer Toiletten, auf denen diese Kontrollen stattfanden. Eine so gut wie die andere. Unter dem grausamen Licht, über den glänzenden, schmutzabweisenden Fliesen, zwickte ich verzweifelt die überflüssigen Zentimeter Haut zusammen. Als es Ruben noch gut ging, stand ich meinem Körper neutral gegenüber. Er ekelte mich weder an, noch fand ich ihn toll. Er war etwas, dem ich zwar Aufmerksamkeit schenken musste, aber nicht unbedingt die manische Aufmerksamkeit, die andere Frauen ihrem Körper entgegenbringen. Ich wusch und ernährte ihn und erwartete, dass er mir keinen allzu großen Schmerz bereiten würde.

Auf dem Rückweg von der Schule sah ich in einem kleinen Tempel zwei schweigsame stämmige Frauen auf einem Geländer inmitten eines Sees stehen und einen wogenden Papierdrachen drapieren. Die Feiern zum 70. Jahrestag der Volksrepublik China standen bevor. Ein Fest, das sich über eine Woche hinziehen würde. Der See war trüb und grünlich und der Wind ließ das Papier und die Haare der Frauen flattern, fuhr mir bis in die Knochen. Zurück in meinem Zimmer, stellte ich fest, dass Google nicht mehr funktionierte. Der Aufbau meiner VPN-Verbindung lief ins Leere. Ich würde nicht mehr nach »Wie nimmt man schnell ab« oder »Wie überwindet man Trauer« suchen können. Oder meine Netflix-Serien schauen. Genervt ging ich erneut nach draußen. Die Leute waren wegen der Feierlichkeiten auf die Straße geströmt. Sie lachten und ließen Luftballons steigen, gruben die Zähne in Speisen, die in Pappschachteln lagen. Alle schienen erfasst von einer intensiven, törichten Fröhlichkeit.

Ich bog in die Nanjing Road ein. Eine endlose Straße. Jedes Mal, wenn ich sie entlanglief, war mir, als hätte sie sich vervielfacht. Ich kam an den Geschäften mit den buddhistischen Rosenkränzen aus glänzendem Plastik und den Hello-Kitty-Haarspangen vorbei und nahm die U-Bahn zum Century Park, der dem Central Park nachempfunden ist. Es gab etliche Ausgänge, riesige Wolkenkratzer hinter dem Huangpu-Fluss, gepflegten Rasen und glänzende Bänke. Alles verströmte die Aura kalter, autistischer Neuheit. Einer seelenlosen urbanistischen Imitation gleich einer Geometrieübung. Ich verließ die Metrostation über den Ausgang 7 und landete bei einem künstlichen Strand. Kinder bauten auf dem synthetischen Sand Burgen, ab und zu weinte eines und wurde in den Arm genommen. Teshigahara hat einen Film gedreht, der unter dem Sand spielt. In einem Loch. Ein Film voller Sex und Skurrilität. Die Körper wurden zu einem Produkt der Einsamkeit und Schwüle. Ich hatte ihn zusammen mit Ruben angeschaut. Ich kann mich kaum noch an etwas erinnern.

Ich wusch mir das Gesicht in einer öffentlichen Toilette, in der nur noch ein Spiegel hing. Erst warf er nur mein Bild zurück und ich beäugte dieses mein Ich misstrauisch. Dann entdeckte ich meinen Bruder darin, wie ein Echo, wie einen zarten Schatten in den Zügen, und lächelte. Ich berührte die Nase, als wäre es seine. »Diese Brücke hält die bösen Geister fern, denn Dämonen gehen nur geradeaus«, sagte ich, obwohl es keinerlei Sinn ergab.

Am Tag vor Rubens Tod hatte ich, neben ihm auf einem harten Stuhl im Krankenhaus sitzend, einen Artikel gelesen, der sich mir ins Gedächtnis einbrannte. Darin stand, dass Tiere den nahen Tod wittern wie einen Fressfeind. Einen unsichtbaren Fressfeind. Selbst große Tiere, die eigentlich keine echte physische Bedrohung kennen. Sie wittern den Tod und lassen ihn ein. Die Muskeln lockern sich angesichts des Unausweichlichen. Diesem Unvermögen, voll und ganz zu begreifen, wohnt, glaube ich, eine gewisse Zartheit inne. Wir hingegen begreifen voll und ganz (den Tod, die Liebe, die Liebe, die den Tod nicht zu tilgen vermag, und den Tod, der die Liebe nicht zu tilgen vermag) und enden bei einer Verdrossenheit, die zu groß ist, um zart zu sein. Der Schmerz macht uns schroff und unbeholfen. Beim Verlassen des Parks hörte ich in der Ferne die sanften Töne einer *Erhu*, der chinesischen Geige, die von verlorenen Leidenschaften singt.

6 KNOCHEN

Am 31. Oktober war es immer noch heiß und ich sah Xu zum ersten Mal. Es geschah im Poxx, einem Club für Westler im Herzen der französischen Konzession. Um zehn Uhr nachts. Ich hatte bis spät am Abend Hausaufgaben korrigiert und starb beinahe vor Hunger, doch als ich endlich draußen war, musste ich feststellen, dass alle Kneipen schon geschlossen hatten. Nach einem halbstündigen Fußmarsch sah ich zwischen dem gelben Laub zweier Bäume das pinkfarbene Neonschild. Dieser Ort war mir neu. Pinkfarbenes Neonschild, dachte ich, steht für nicht chinesische Lokale, und nicht chinesische Lokale haben bis weit in die Nacht auf. Man fuhr von der Wuyuan Lu mit der Rolltreppe nach unten, ließ China symbolisch hinter sich. Unten empfing einen der lupenrein strahlende Westen. Ein derart gebleichtes China, dass es zu Europa geworden war.

Rund um einen lärmenden Platz gab es Irish Pubs, Cocktailbars und zwielichtige Diskotheken, und sämtliche Lokale verströmten ein ebenso glamouröses Flair wie die hellhäutigen Gäste, die in diesen Etablissements standen und etwas tranken, dünn und selbstbewusst, die Lippen leuchtend rot geschminkt, das Lachen unbeschwert. Dort unten sollte ich vieles lernen. Eifersüchtig zu werden, bis einem die Knie zittern. Dem Magen Unmengen an Sake zuzumuten. Lange zu lachen. Mich zu kümmern, ohne irgendeine Gegenleistung, wie man es mit Pflanzen macht. Die Freundinnen von Xu zu hassen. Die Freundinnen von Xu zu tolerieren. Mich versehentlich zu verlieben, so, wie man beim Zappen versehentlich bei einem Bibelkanal hängenbleibt.

Ich entschied mich für das Poxx, weil es glitzerte. Es glitzerte mehr als alle anderen Lokale zusammen. Vor allem im Inneren. Ein alarmblaues Blitzen, das Blaulicht eines Rettungswagens. Dort gab es als besessene Nonnen oder als Stephen-King-Clowns verkleidete Mädchen. Es war Halloween, auch in China. Vielleicht mehr noch als irgendwo sonst. Ich setzte mich an einen Tisch nah an der Wand und bestellte Garnelen. Während ich aß, beobachtete ich einen Clown in der Mitte des Raums, der wie ein Spuk im Licht auftauchte und wieder verschwand. Dann sah ich sie. An einem abgelegenen Tisch, allein. Als Fuchs verkleidet. Besser gesagt, als die weiße Füchsin aus der chinesischen Volksdichtung, die sich in eine Frau verwandelt, um naive liebesbedürftige Männer zu verführen. Ich erinnerte mich vage an die Geschichten. Mein Bruder hatte sie mir erzählt.

Es stimmt nicht, dass ich mich nur vage an sie erinnerte. Ich erinnerte mich bestens an sie. Er war es, der sie mir erzählt hatte, deshalb erinnerte ich mich besser an sie als an all das, worauf ich von selbst gestoßen war. Geschichten von zarten und fügsamen Frauen, die so taten, als wären sie auf der Suche nach Liebe, dabei jedoch nach etwas viel

Dunklerem trachteten. Sie hatten spitze Nägel und ihre Augen flackerten wie Kerzenflammen. Irgendwann kam stets der Moment der Offenbarung. Ein Moment, in dem sich die beiden Bilder – der böse Fuchs und die liebevolle Frau – nicht mehr deckten, in dem sich ihre Ränder verschoben wie bei einem zu Boden gefallenen Kartenspiel. Und dann geschah etwas nicht Wiedergutzumachendes.

Die Füchsin nahm die Maske ab. Blasse, kantige Züge, schwarzer Pagenkopf. Wunderschön, für mich zumindest. Ich nahm seit sechs Monaten Antidepressiva und fand alles interessant. Sie begann mich anzusehen. Mit durchdringendem Blick anzusehen. Als könnte sie meine Gedanken lesen. Die Dinge, die ich liebte, die Dinge, die ich hasste, den Schwachsinn, den ich mir vor dem Spiegel manchmal sagte, um mein Ego zu stärken, so wie ich es im Fernsehen gesehen hatte. DU BIST ETWAS GANZ BESONDERES. MACH WEITER SO. DU KANNST ALLES ERREICHEN, WAS DU WILLST. All die nutzlosen Dinge, die sich im Laufe eines Lebens im Gehirn ansammeln. Formeln, Phrasen. Die Dinge, die Ruben mir am letzten Tag seines Lebens gesagt hatte und die ich aus dem Gedächtnis zu tilgen versuchte. *Du kannst mein Klavier haben … Pass gut darauf auf … Lass es hin und wieder stimmen … Schau zu, dass du die Fenster in deinem Zimmer austauschen lässt, es kommt zu viel Kälte rein …*

Sie kam zu mir. Sie setzte sich auf den Rand des Hockers gegenüber meinem. Von Nahem hatte sie volle Lippen und einen knochigen Modemagazinkörper. Ich konnte kaum fassen, dass sie genau zu mir gekommen war.

»Bist du Russin?«

»Nein.«

»Dann Deutsche.«

»Auch nicht.«

»Engländerin. Na klar, du bist Engländerin. Ich würde gern mal nach England fahren, da regnet es immer, Regen ist toll. Wenn es regnet, zieh ich mir einen Schrottfilm nach dem andern rein und esse Junkfood. Aber ich mag das, es ist eine Gelegenheit, um allein zu sein, nachzudenken. Gefällt dir dieser Club? Und China? Gefällt dir China?«

Hinter dem englischen Wortschwall war keine Regung zu erkennen. Ihr Ton war ruhig und kalt. Ich antwortete mit einem Nicken oder Kopfschütteln, wie ein kleines Mädchen bei einem Polizeiverhör mitten in der Nacht.

»Wie sind die Garnelen? Frisch?«

»Ich weiß nicht.«

»Ach komm schon. Warum willst du nicht mit mir reden?«

Ich war wie erstarrt. Ich war erstarrt, aber die Welt verlangte irgendeine Reaktion von mir. Die Welt war ein atemberaubendes Mädchen, das mir banale Fragen stellte. Vielleicht präsentiert sich die Welt stets auf diese Art.

»Also? Wer bist du? Woran denkst du?«

»Ruben, mein Bruder, ist gestorben.«

Es war das Erste, das mir einfiel. Es war seit Langem das Erste, das mir einfiel, immer, egal, in welcher Situation. Durch die ständige Wiederholung hatte es einen Teil seiner Bedeutung verloren.

»Was? Heute? Im Ernst? Oh Gott.«

»Nein, nein. Vor sieben Monaten.«

»Ah. Und was hat das mit hier zu tun?«

 »Nichts. Keine Ahnung, warum ich das gesagt habe.«

»Vielleicht, weil du spürst, dass du mir alles sagen willst. Das ist etwas ganz Wunderbares.«

»Nein. Das ist es nicht. Ich sag es wirklich andauernd. Gestern noch hab ich es mitten auf der Straße zu einem kleinen Mädchen gesagt, das gerade ein Eis gegessen hat.«

»Und was hat es geantwortet?«

»Nichts. Ich habe Italienisch gesprochen. Natürlich hat es nichts kapiert. Das mache ich oft, wirklich. Vor Kurzem, in Rom, hab ich es zu einer Call-Center-Mitarbeiterin gesagt.«

Sie lachte. Ihr Lachen hatte einen schönen Klang. Ich war nicht beleidigt, dass sie über mich lachte. Über die unbeholfene Art, mit der ich der Trauer begegnete.

»Du bist lustig. Du solltest mehr reden.«

»Wenn ich mehr rede, bin ich nicht mehr lustig, sondern werde abweisend.«

»Ja, das sehe ich. Du bist abweisend. Du bist abweisend und blond. Und deine Augen … Die sind braun, glaube ich. Oder grün.«

»Ich weiß nicht. Braun, fast immer. Aber wenn ich weine, sind sie grau.«

»Weinst du oft?«

»Nur, wenn es sein muss.«

»Ich werde versuchen, dich zum Weinen zu bringen, damit ich sehe, wie sie sich verändern.«

»Lieber nicht.«

»Erzähl mir noch was anderes von dir.« Sie stützte das Kinn in die Hände.

»Was willst du wissen?«

»Gefalle ich dir?«

»Ähm, du bist ziemlich direkt.«

»Ich bin Chinesin. Wir verlieren keine Zeit. Du weißt

doch, wie schnell wir darin sind, ein Krankenhaus zu bauen, oder?«

Wieder lachte sie. Es war ein Lachen voller Aufmerksamkeit für mich. Ich begriff nicht, welche Art von Aufmerksamkeit es war. Vielleicht echtes Interesse. Vielleicht aber auch die zynische Aufmerksamkeit von Kindern, die Ameisen beim Transport von Essen beobachten und sie dann plötzlich zertreten. Es war egal. Es war so oder so okay. Ich beschloss, ebenfalls zu lachen.

Sie wartete auf eine Antwort. Ich hörte auf zu lachen, kaute, ließ mir Zeit. Mein Herz klopfte wie verrückt und sie wusste es. Sie sah mir mein Unbehagen an, meine Aufregung. Ich hätte es nie für möglich gehalten, eine so starke körperliche Anziehungskraft zu empfinden, dass man sie wittern konnte wie Wölfe die Angst. Sie fasste mich am Handgelenk. Hinter ihr, in einem Aquarium, schwammen Schildkröten mit getüpfelten ledrigen Köpfchen. Ein Kellner trat davor und suchte eine aus, um sie zu schlachten.

»Wollen wir in ein Hotel gehen?«

Vor Überraschung verschluckte ich mich und musste husten.

Ich schälte die letzte Garnele.

Mit den Stäbchen nahm ich sie hoch und schob sie in den Mund, sie war weich, gummiartig. Ich beneidete sie, weil sie sich nicht entscheiden musste, ob sie einem wunderschönen und unbekannten Mädchen folgen sollte oder nicht.

»Okay, gehen wir.«

7 HERZ

Das Taxi polterte durch die halbleeren regenblauen Straßen, dass einem übel wurde. Hektisch beschleunigte und bremste es, während sich die Nacht um uns herum verdichtete und die geschlossenen Geschäfte, die blauen Wolkenkratzer, ihre messerartigen Spitzen verschluckte. Ich hatte das unangenehme Gefühl, dass alles – der sintflutartige Regen, das Blau, die geschwungenen Betonbrücken, das Ruckeln der Kupplung – in meinen Kopf eindrang und dort gefangen blieb. Von den Ampeln, hinter den Scheiben, trieften Ströme aus Licht.

Fuchs redete weiter. Sie redete über alles, atemlos, während die Stadt düster hinter den Fenstern vorbeizog. Ihr Englisch war ziemlich gut. Wenn sie auf etwas stieß, was sie nicht sagen konnte, schwieg sie so lange mit verkniffener Miene, bis ein anderes Thema sie zu drücken begann. Sie sprach über Kleider und Lipgloss, über Atemwegserkrankungen aufgrund der Umweltverschmutzung und darüber, dass, wer darunter litt, niemals Algen essen dürfe. Sie sagte, sie habe noch nie streunende Katzen in Schanghai gesehen. »Wo sind die alle, die Katzen?«, fragte sie mich. Es gelang mir nicht, ihr richtig zuzuhören, ich wollte einfach nur in der Flugbahn dieser Sätze bleiben, bombardiert von diesem Lärm aus ihrer Kehle, aus ihrem Hals, der nur für mich aus ihrem Körper kam. Noch nie hatte mich die Sprache derart körperlich interessiert.

Das Taxi hielt an, ich sah auf die Uhr: Es war drei. Wie konnte es schon drei sein? Kurz überlegte ich, ob es vielleicht die italienische Uhrzeit war. Eine Überlegung bar jeder Vernunft. Während ich auf die dunkle Straße trat und sie dem Taxifahrer das Handy reichte, um zu bezahlen, spürte ich Tränen auf den Wangen.

Wir waren in Pudong. Dem finanziellen Herzen von Schanghai. Ein neuer Stadtteil, bestehend aus eisigen Wolkenkratzern und Einkaufszentren, die ineinanderwuchern, alle identisch und hell erleuchtet wie die Korridore eines Krankenhauses. Ein langfristig gedachtes Vorzeigeviertel als Sinnbild einer aseptischen Zukunft und Rettung, erst noch im Entstehen. Wir gingen eine lange Treppe hinauf, liefen im Kreis, über der schlafenden Stadt schwebend, die Wolkenkratzer wie rote und blaue Raketen, ab und zu ein dahinrasendes Auto unter uns, Lautsprecher, aus denen in Dauerschleife ein einminütiges kitschiges Klassikstück plätscherte. Es gab zahlreiche, konzentrisch angeordnete Treppen, so geometrisch, dass es jeder Vorstellung spottete. Oberhalb einer Treppe leuchtete anstelle des Mondes ein amerikanischer Supermarkt in der Dunkelheit. Fuchs nahm mich an der Hand und sagte: »Irgendwie steh ich total auf dich. Ich weiß auch nicht. Vielleicht ist es Schicksal, aber normal ist es nicht.«

Früher gab es hier Reisfelder. Hier in Pudong. Goldene Reisfelder, so weit das Auge reichte. Die aus den Filmen mit langen Einstellungen und sonnverbrannten Bauerngesichtern. Jetzt gab es hier die höchsten Gebäude der Welt nach Dubai. Der Austausch war schnell und demonstrativ vonstattengegangen. Alles ausmerzen, dem Himmel mit Glas und Stahl entgegenstreben, wie der Leibhaftige, der um Licht winselt. In den Gebäuden logierten nun Tageszeitungen und Firmen, multinationale Konzerne und Fernsehsender, das Paradies des Geldes. Eine neurotische Ansammlung von Restaurants, Cafés und 3D-Kinos. Nachts, wenn fast alle Lichter erloschen waren, wie in jener Nacht mit Fuchs, war es, als hielte die Zukunft den Atem an, in Erwartung deiner, um dir zu zeigen, dass alles gut wird.

Wir betraten eine Ladenpassage, die unvermittelt in ein Einkaufszentrum überging, in dem alle Geschäfte geschlossen waren, und dann zu einer von Eisengeländern gesäumten Straße wurde. Wir folgten ihr, händchenhaltend, berieselt von der Musik, die sich in hohen Tönen verausgabte, um gleich darauf in pedantisch-obsessiver Manier fröhlich von vorn zu beginnen. Sie erzählte mir von M50, einem ehemaligen Industriegebiet. Früher hatte es Chunming geheißen und war ein Komplex aus Fabriken und Lagerhäusern gewesen, heute beherbergte es hundertzwanzig Kunstgalerien. Ich hörte ihr zu und stellte präzise, durchdachte Fragen. Ich glaubte, es handle sich um Geplauder. Stattdessen umriss sie die Geografie unserer Beziehung. Eine Beziehung, die es wie eine Pilgerreise zu planen galt. Ganz nach der Art mancher Japaner im siebzehnten Jahrhundert: vom Leben und der Unmöglichkeit ihrer Leidenschaft enttäuschte Liebende, die eine Reise planten, an deren Ende der gemeinsame Selbstmord wartete, *Shinju* genannt. Wörtlich: *Im Herzen*.

Schließlich waren wir in einem Hotel. Fuchs bezahlte an einem Automaten. Ich betrachtete sie von hinten, den glänzenden Pagenkopf und die Hand, die auf dem Bildschirm herumtippte. Ich fühlte mich verschwommen und glücklich. Vielleicht war Glück genau das: ein Verschwimmen der Konturen. Die Rezeption war verlassen. In der Lobby gab es Instantnudeln und Gleitmittel zu kaufen. Wir mussten endlos lange auf den Lift warten. Ich sagte etwas, das ich gleich darauf wieder vergaß. Auf dem Treppenabsatz der 31. Etage blätterte der Putz von der Wand. Es sah aus wie eine Wunde.

Sie betrat das Zimmer und setzte sich auf die Bettkante.

»Wie ist dein Bruder gestorben?«

»Was?«

»Du hast mich genau verstanden. Antworte.«

Ich stand neben dem Schrank, einem hässlichen riesigen Schrank, und wollte das Thema so schnell wie möglich abhaken und gleichzeitig bis in alle Ewigkeit darüber reden: Seit Ruben nicht mehr da war, verhedderten sich in meinem Kopf Gedanken, die ich für seine hielt, mit meinen zu einem wirren Knäuel. Es war schwierig, sie zu trennen, es war schwierig zu begreifen, mit welchen ich mich identifizieren sollte.

»Also?«

»Er hat ihn schon immer gehabt. Diesen Herzfehler.«

»Und du nicht?«

»Nein. Das war der einzige Unterschied. Mehr oder weniger.«

»Unterschied?«

»Zwischen uns, meine ich. Wir waren Zwillinge. Abgesehen von den Augen, seine waren blau. Und dem hier ...«

Ich fuhr mit dem Finger über die Wange: Ruben hatte ernste hohle Wangen, ich dagegen runde rosige Bäckchen.

»Da, ich sehe aus wie ein Kind.«

»Das ist doch was Schönes. Schließlich ist das der einzige Moment im Leben, in dem wir schön sind. Wenn wir klein sind und niemanden hassen.«

»Von wegen. Kinder hassen, und wie.«

Ihr Blick wurde eisig.

»Das ist kein echter Hass. Das ist nur verkehrte Liebe. Das lässt sich in Sekundenschnelle wiedergutmachen, mit einem einzigen Wort. Nur, dass die Eltern es normalerweise nicht sagen wollen.«

»Und das wäre?«

»Was?«

»Das richtige Wort …«

Sie schwieg. Zog die Schuhe aus, Plateaustiefel, schwarzglänzend wie Waffen.

Mein Instinkt riet mir zu gehen. Zu gehen und dieses Mädchen zu vergessen und etwas Schmerzloses auf meinem Bett zu tun. Eine Serie schauen, Hausaufgaben korrigieren. Mir war bewusst, dass die Bekanntschaft mit Fuchs nicht schmerzlos sein konnte. Ich setzte mich neben sie und legte ihr eine Hand auf den Schenkel. Dieselbe Hand, die sie auf der Straße plötzlich ergriffen und bis zum Hotel festgehalten hatte: eine Hand, die eine Art Versprechen eingesaugt hatte. Im Moment der Berührung spürte ich ein Beben.

Abrupt drehte sie sich zu mir und grinste mich übertrieben breit an.

»Du weißt echt nicht, wer ich bin, oder?«, sagte sie auf Italienisch.

Das Herz schlug mir bis zum Hals. Die Beleuchtung war viel zu grell. Ich sah ihre Lider zucken wie umherschwirrende Fliegen während einer Mahlzeit.

»Wie jetzt? Du kannst Italienisch? Wer bist du?«

»Ich bin eine von deinen Schülerinnen.«

»Eine von meinen Schülerinnen?«

»Das hab ich doch eben gesagt.«

»Ich kann mir Gesichter nicht gut merken.«

»Ich erinnere mich hervorragend an dich.«

»Aber warum sagst du mir das erst jetzt?«

»Weil es Spaß gemacht hat, dich zu verschaukeln. Schau mich nicht so an, du bist süß, wenn du wütend bist …«

Sie lachte. Ihre Stimme klang, sobald sie Italienisch sprach, auf groteske Art autoritär, wie die einer Hexe in einem Zeichentrickfilm.

»Ich versteh nicht, warum du mich angelogen hast.«

»*Angelogen*, was für eine Übertreibung! Sei nicht so theatralisch. Ich wollte mit dir reden, ohne dass du im Vorteil bist, als Lehrerin.«

»Aber …«

»Ja, du verstehst schon, als jemand, der mir was beibringen muss …«

»Ich glaube nicht, dass ich irgendwem irgendwas beibringen kann. Außer Italienisch, natürlich.«

»Ist das etwa nichts? Den Leuten beizubringen, in einer anderen Sprache zu denken?«

»Nein. Und es tut mir leid, dass ich dich nicht erkannt habe. Du hast gestern im Unterricht nichts gesagt. Vielleicht habe ich dich deshalb nicht im Gedächtnis behalten.«

»Sagt die, die stumm wie ein Fisch ist!«

»Darum behält mich ja auch nie jemand im Gedächtnis …«

Sie lachte wieder. Voller Nachsicht diesmal. Sie nahm die Ohrringe ab und warf sie auf den Nachttisch. Mit jeder Sekunde, die verstrich, änderte sich mein Eindruck von ihr: Erst fand ich sie bezaubernd, dann böse, dann wieder bezaubernd, dann leuchtend und leer wie die Wolkenkratzer draußen vor dem Fenster. Meine Hand ruhte noch immer auf ihrem Oberschenkel. Eine andere Hand jetzt. Anders als noch vor ein paar Stunden. Allzu rosa auf ihrer hellen Haut, wie etwas, das Verbrennungen verursacht.

»Los, zieh dich aus.«

Ich sprang auf. Sie schmiss das Handy aufs Bett.

»Was? Nein. So weit bin ich noch nicht.«

»Nicht um zu vögeln.«

»Und wofür dann?«

»Das kann ich dir nicht erklären. Es hat was mit Aufrichtigkeit zu tun. Keine Geheimnisse.«

»Was soll das heißen?«

»Egal. Zieh dich aus, oder ich gehe und du bleibst allein hier.«

Die Nachsicht war verschwunden. Mir blieb keine Zeit, ihr hinterherzutrauern. Ich musste mich schnellstens ausziehen, um nicht verlassen zu werden.

Mit zitternden Händen öffnete ich den obersten Knopf meiner Bluse.

»Nein. Erst den Rock. Dann den Rest. Ja, so ist es gut.«

Ich schleuderte die Schuhe weit von mir, sie blieben umgedreht auf dem Teppich liegen. Auf einer Sohle leuchtete ein dicker Blutfleck, doch es war nur eine zerquetschte Blüte. Der Rock glitt zu Boden, dann der Baumwollslip, die Bluse. Der BH. Fuchs lächelte, als sie meine breiten Hüften sah, den Bauchansatz, die gezackte Linie des Gummibunds unter dem Bauchnabel. Sie lächelte, während sie mich herumkommandierte, weil sie wusste, dass mein Geist so lasch wie mein Körper war.

»Früher war ich dünner. Bevor …«

»Ich weiß. Du siehst gut aus. Kleine Mädchen sind schön so.«

»Ich bin kein kleines Mädchen«, sagte ich mit piepsiger Stimme, meiner Kindergartenstimme vielleicht. Auch sie begann sich auszuziehen. Erst die Latexleggings, dann die Jacke und das Samtoberteil. Darunter kam eine Fläche aus milchig weißer Haut zum Vorschein, wie die Eihaut, die den Körper mancher Neugeborener bedeckt. Das gleißende Licht der viel zu hellen Wandlampe offenbarte nicht ein Muttermal, nicht einen Dehnungsstreifen auf dieser Haut. Nur weiße Perfektion. Ich ging zum Bett. Mir schoss das Wort *Liebe* durch den Kopf und ich schämte mich.

»Welches Buch hast du als Letztes gelesen?«, fragte sie, während sie den BH öffnete. Ich versuchte, mich zu erinnern, aber mir fiel nur noch ein rotes Cover und ein ameisenartiges Wörtergewimmel auf den Seiten ein. Es war, als verlöre mein Leben plötzlich alle Details, um einem anderen Leben Platz zu machen.

»Keine Ahnung. Tut mir leid. Es fällt mir nicht mehr ein.«

»Ganz ruhig. Ich wollte nur für Gesprächsstoff sorgen.«

»Du hast mir nicht gesagt, wie du heißt …«

»Xu. Ich heiße Xu. Und du?«

»Ruben.«

»War das nicht der Name deines Bruders?«

»Ja. Jetzt ist es meiner.«

Xu. Ich wollte nur Xu ansehen und mich von Xu ansehen lassen. Mir von Xu Befehle geben lassen. An der Seite von

Xu wurden meine Gedanken vollkommen. Ohne Schattierungen. Wie eine Wüste zur Mittagsstunde. Wir legten uns nah nebeneinander hin. Auf die orchideenfarben schillernde Tagesdecke, im Luftstrom der Klimaanlage. Ich konnte nicht aufhören, sie anzusehen. Das Licht auf den basilikumgrünen Zimmerwänden war beißend und penetrant. Eigentlich waren wir uns nicht wirklich nah. Zwischen uns hätte locker noch ein dritter Körper Platz gehabt. Für einen Moment stellte ich mir vor, dieser Körper wäre der von Ruben.

Sie redete die ganze Nacht. Ohne mich zu berühren. Sie wollte mich nicht berühren. Ich wollte sie nicht berühren. Alles, was körperlicher als ein Wort gewesen wäre, hätte uns umgebracht.

»Ich habe überall gearbeitet. Scheißjobs. Hauptsache, ich war weit weg von zu Hause.«

»Ich weiß, was du meinst«, sagte ich.

»Mit vierzehn hab ich angefangen zu arbeiten. Ich habe Treppen geputzt. In der Garküche neben der Schule hab ich frittierte Frösche gegessen und bin dann los gegangen. Ich hab ohne Pause geschuftet, weil ich wusste, dass es Überwachungskameras gab. In Schanghai gibt es Milliarden davon, du fühlst dich schnell wie eine Diva. Wenn du weißt, dass du ständig beobachtet wirst, bist du nicht mehr du selbst. Du wirst zum Wunschbild der anderen. Du verstehst, oder? Beim Treppenputzen schäkerte ich herum, schickte Küsschen ins Leere, wackelte mit dem Hintern, so wie sie es mögen.«

»Wer ›sie‹?«

Sie sah mich entgeistert an. Später sollte ich lernen, dass *sie* für Xu eine unbestimmte Entität war, die nicht hinterfragt wurde. Es sei denn, man wollte Stress.

»Aber ich hatte kurze Haare und das war nicht gut. Ich war angezogen wie ein Junge. Also ließ ich mir die Haare wachsen, kaufte enge Oberteile und Netzstrümpfe. Ich habe für Parfüm- und Dessousmarken gemodelt. Sie mochten meine Lippen. Meine Wangenknochen. Ich war perfekt. Ich war ihr Püppchen. Kennst du Molly? Die Puppe, die überall in Schanghai auf der Straße verkauft wird? Wie sie. Ich war wie sie. Doch es ging nicht lange gut. Sie konnten ihre Hände nicht bei sich lassen. Alte Männer mit glänzenden Augen, die leicht einen Steifen bekamen.«

»Und danach?«

»Am Abend, als ich neunzehn wurde, am Set eines chaotischen Fotoshootings, hab ich sie kennengelernt. Azzurra. Niemand hatte daran gedacht, mir zu gratulieren. Wirklich niemand. Ich erzähl dir das, damit du begreifst, wie es mir ging. Du machst Dinge für die anderen, legst Teile deiner Persönlichkeit ab, und dann erinnert sich kein Mensch daran, wann du auf die Welt gekommen bist. Du hättest ebenso gut im Himmel bleiben können. Oder wo auch immer man vor der Geburt ist. Verstehst du?«

»Azzurra, wer ist das?«

Sie lächelte.

»Sie war nett, sehr groß, sie war einundvierzig und entwarf Kleider. Ich bin ihr nach Mailand gefolgt, aber wir haben uns andauernd gestritten. Ich fühlte mich ständig ihren prüfenden Blicken ausgesetzt. Kein schönes Gefühl. Du hörst irgendwann auf, du selbst zu sein. Als würdest du dich in einem Zimmer einschließen. Wenigstens gibt es in Italien keine Überwachungskameras. Zumindest nicht viele. In Schanghai gibt es fünf Milliarden, hab ich das schon erzählt? Ah ja. Und trotzdem wird ein Kind, wenn es verschwindet, nie mehr gefunden …«

»Wie ist es ausgegangen mit Azzurra?«

»Wir haben uns nach zwei Monaten getrennt. Und mit einem Mal war ich allein in einer unbekannten Stadt …«

»Aber du hast perfekt Italienisch gelernt. Ich meine, dein Italienisch klingt wie das einer Muttersprachlerin. Du hast es überhaupt nicht nötig, zu mir in den Unterricht zu kommen.«

»Ich weiß. Ich hab mich nur angemeldet, um es praktisch anzuwenden. Ich kannte keine Italiener, mit denen ich mich hätte unterhalten können. Also vor dir.«

»Und dann? In Mailand …?«

»Fand ich einen Job in einem Pflegeheim. Ich habe die Alten gewaschen und ihnen die Namen ihrer Enkel gesagt. Wen aus der Familie sie liebten, wen sie hassten. Ich besaß große Macht und das gefiel mir. Es gab mir einen Grund, morgens aufzustehen. Verstehst du? Es wäre ein Leichtes gewesen, sie gegen ihre Kinder aufzuhetzen oder so was in der Art.«

»Was du hoffentlich nicht getan hast.«

»Wie spießig du bist. Mag sein, vielleicht hab ich es nicht getan, vielleicht auch doch. Auf jeden Fall bin ich dir keine Rechenschaft schuldig.«

»Schon gut. Entschuldige.«

»Morgens weinten die alten Frauen unter der Dusche wie Kinder und die alten Männer knöpften die Hose auf und sagten mir schweinische Dinge. Nach zwei Jahren in Italien bin ich nach Schanghai zurückgekehrt.«

»Dafür beherrschst du die Sprache nach zwei Jahren besser als manche meiner italienischen Freunde.«

Sie lächelte. Jedes ihrer Lächeln brachte mich einem unerträglichen, elektrisierenden Ort meines Geistes näher.

»Ich hatte schon Italienisch gelernt, bevor ich Azzurra

traf. Angefangen habe ich mit einer Kochsendung, die ich als kleines Mädchen schaute, wenn ich traurig war. Ich weiß nicht mehr, wie sie hieß. Es gab einen süßen Koch, der fantastische Torten gebacken hat. In allen Farben. Im Hintergrund war ein Garten, von Sonnenlicht durchflutet …«

Ich sah nach draußen: in die Dunkelheit und das tausendfache künstliche Glimmen der Straße. Zu den fahlen, metaphysisch wirkenden Gebäuden mit ihren Fenstern vor schummrig erleuchteten leeren Büros, in denen schon in wenigen Stunden wieder geschäftiges, telegenes Treiben herrschen würde, bestimmt von Geld und Informationen. Xu folgte meinem Blick: Wer weiß, was sie sah. Sie, die in dieser Stadt aufgewachsen war, in dieser rastlosen Dunkelheit. Der Oriental Pearl Tower überragte alles: eine von einem Stahlgitter umhüllte rote Kugel, gekrönt von einem langen Obelisken. Ich war darin gewesen, eines Abends. An einem meiner ersten Abende. Ich hatte mich verlaufen. Der Tower sah aus wie ein Spielzeug und das hatte mich beruhigt. Ich war hineingegangen und in einem Hochgeschwindigkeitsaufzug auf die Aussichtsplattform gefahren, mit einem Gefühl wie Watte in den Ohren wegen der Druckveränderung. Oben war ich über einen Glasboden spaziert und hatte die verzerrten Lichter der Straßenlaternen, der Autoscheinwerfer beobachtet. Derart winzig alles, derart bedeutungslos. Die ins Dunkel getauchten Gebäude, die schreiend bunten Einkaufszentren.

Es war drei, dann vier. Nach dieser Kurzfassung ihres Erwachsenenlebens erzählte sie mir einen Haufen belangloses Zeug. Angefangen bei den Trockenfleischmarken, die sie am liebsten mochte, bis hin zu den Strategien, mit denen sie beim *mahjong* gewann. Mir war, als benutzte sie die Worte wie Geschenkpapier: um andere, schmerzhaftere Worte einzupacken. Ich konnte nicht aufhören, sie anzuschauen. Ihren unglaublichen Körper anzuschauen. Die wässrigen Augen, die perfekten Schultern, das Komma des Bauchnabels. Irgendetwas stimmte nicht. Sie war nicht wirklich nackt. Nacktheit ist eine Sackgasse. Ein Geheimnis. Nacktheit ist, wenn du erwachsen wirst und geschockt feststellst, dass dir zwei Knubbel aus der Brust sprießen wie unförmige Zwiebeln aus der Erde. Aber Xu zeigte keinerlei Befangenheit, sie zeigte auch keinerlei Unvollkommenheit. Nichts, dessen sie sich hätte schämen müssen, nichts, mit dem sie gestraft gewesen wäre.

Im Morgengrauen, nach dieser Flut aus Worten, schloss sie die Vorhänge, um die Dunkelheit zu bewahren, unser einziges gemeinsames Gut. Die Vorhänge waren dicht und düster, mit einem nervtötenden geometrischen Muster wie diese Kunststoffnetze auf Balkonen, die Katzen davon abhalten sollen, sich in den Tod zu stürzen. Ich holte tief Luft: War nun der Moment gekommen? Ich hatte noch nie mit einer Frau geschlafen und war mir nicht sicher, ob das meinem Glück zuträglich sein würde, aber ich hoffte es. Leicht zitternd schob ich mich an sie heran, sie lag auf der Seite. Die Umrisse ihres Körpers stachen aus der Dunkelheit hervor wie bedrohliche Berge. Die Berge gelten in China als übernatürliche Orte. Man steigt hinauf, höher und immer höher, bis man andere Dinge zu fühlen, andere Dinge zu sehen beginnt. Die Eremiten des Berges Tai begraben sich lebendig in feuchten, engen Höhlen, bis die Realität aufplatzt wie fauliges Obst, das sich seines Fruchtfleischs entledigt. Ich küsste sie. Ihre Lippen waren eiskalt. Die Klimaanlage röchelte inmitten des langsamen Schmatzens von Speichel und Zungen.

Brüsk rückte sie zur Seite. Begann erneut zu reden. Als ob nichts gewesen wäre. Sie wollte nur reden, reden, bis alles gesagt war, keine Ahnung, was. Sie sprach von Teeblättern, davon, dass man sie pflücken muss, solange sie noch so fein wie das Haar eines Neugeborenen sind. Sie sprach von ihrer Familie. Sprach von ihr wie von einer Postkartenfamilie, ohne Schatten und ohne Innenschau. Menschen, verbunden durch das Blut und eine rudimentäre Liebe. Gemeinsame Mahlzeiten, gemeinsames Fernsehen dicht an dicht aneinandergedrängt auf einem Sofa. Geburtstage, Verlobungen. Irgendetwas stimmte nicht. Irgendetwas versuchte mit aller Kraft, an der Oberfläche zu bleiben. Zahnspangen, Hochzeitstage, ein graues Kaninchen, das Onkel und Tante ihr geschenkt hatten. Ihre Stimme schwoll an und brach sich wie das Meer an einem Strand. Sie sprach von ihrem Vater. Von seinem dichten Haar und seinem Mund, voll und rot wie eine Knospe. Von seiner Mao-Figuren-Sammlung. Aufgereiht auf dem Kaminsims, aus grellbuntem Porzellan. Sie hatte sie jeden Donnerstag abstauben müssen, damals als Kind, mit zugeschnürter Kehle vor Angst, eine fallen zu lassen. Sie sprach von Ausflügen überall hin, endlosen Ausflügen bis zur Erschöpfung. In die Vororte, in die üppigen Landschaften in ihrer Umgebung. In das Dorf Lianhu, um Lotusblumen zu pflücken, die sie dann zwischen den Seiten ihrer italienischen Grammatikbücher presste. Ins winterliche, verschneite Peking, mit einer Reisegruppe, die noch vor der Besichtigung des Tiananmen-Platzes in einen Hotelsaal gelotst wurde und dort in völligem Schweigen den Werbeverkauf eines

Messersets über sich ergehen ließ. Ein Mann mit chinesischen Zügen und grünen Augen schärfte die Messer, während er sie mit wehmütiger Stimme als verlorene Geliebte beschrieb und schließlich jedem eines schenkte. Sie hatte ihres die gesamte Jugend über aufbewahrt, versteckt zwischen ihrer Unterwäsche. Immer, wenn sie traurig oder wütend war, öffnete sie die Schublade und streichelte es. Langsam, ohne sich zu verletzen. Bis sie einnickte. Manchmal entdeckte sie es morgens neben sich, unter der Bettdecke. In ihren Geschichten fehlte die Mutter. Zwar sagte sie: »Wir gingen alle drei«, doch sie erwähnte sie nie direkt. Ihre Mutter war eine implizite Präsenz, wie die Zeit, die vergeht, wie der Boden, über den wir gehen. Wie die Luft. Wie die Verschmutzung. Hinter den geschlossenen Vorhängen schien die Sonne, war es Tag, wir aber waren im Dunkeln, gefangen in einer Urnacht, aus der es kein Entkommen gab, es sei denn durch einen kolossalen Urknall.

Ich hätte empathischer sein können, hätte sie dazu drängen können, mir mehr zu erzählen. Sie fragen: »*Und deine Mutter?*« Sie dazu bewegen, etwas mehr in die Tiefe zu gehen. Aber ich konnte es nicht ertragen, dass ihr Mitteilungshunger, diese Müllhalde aus Informationen, in der hie und da ein echtes Gefühl aufblitzte, mich all ihrer Aufmerksamkeit beraubte. Ich wollte gesehen werden. Gehört werden. Ein einziges Mal im Leben. Ich hasste es, so zu denken, aber ich konnte nicht anders. Mein Verlangen nach Liebe hämmerte gegen die Brust wie ein hässlicher Hund, der gegen eine Tür springt, die sich nie öffnet.

Ich rollte auf meine Seite des Bettes zurück. Die Matratze unter mir war hart wie ein Brett. Alles war viel zu kalt, viel zu sauber. Es war das Bett eines Hotels, eines Ortes, an dem niemand wohnt. »Alles okay bei dir?«, fragte sie. Ich schüttelte den Kopf, streckte den Arm aus, um sie an mich zu ziehen, aber sie stand auf und öffnete die Vorhänge. Licht flutete das Zimmer. Ein neuer Tag hatte begonnen. Diesmal wirklich. Es war acht Uhr, ich musste zur Arbeit. Mein Kuss war in der Unterhaltung verloren gegangen wie ein Knopf in den Ritzen eines Sofas.

Vom Fenster aus sah man die Autos und die pulsierenden Lichter der Ampeln, jedoch ohne Ton. Die Straßengeräusche drangen nicht bis in diese Höhen vor. Einzig der Ventilator der Klimaanlage war zu hören. Ein düsteres Röcheln als Ersatz für den Sound des Lebens. Anstelle der Hupen und der Motoren und des Stimmengewirrs ein düsteres, monotones Röcheln: die Existenz von oben. Während der Nacht hatte Stille geherrscht. Es hatte nur Xu und mich gegeben. Meinen Atem, ihre Stimme. Jetzt am Morgen wurde es lauter, weil alle Geschäfte im 31. Stockwerk geöffnet waren. Friseure, Hotels, Steuerberater. Ich dachte an Myriaden von schillernden Fingernägeln. An geordnete Leben. Xu schlüpfte in ihre Kleider und sah mich nicht an und alles nahm wieder den Betrieb auf.

Ich verließ das Zimmer zuerst. In einem Maniküresalon hockte eine pockennarbige Frau zusammengesunken auf einem Kinderstuhl und schlief, umgeben von Werbepostern, die mit Tesa an die Wände geklebt waren. Ich wandte mich nach rechts, stieß auf die Rezeption eines anderen Hotels, ein eleganter Mann im blauen Schimmer einer Leuchtschrift, wieder die reglose pockennarbige Frau, also ging ich nach links und diesmal stimmte die Richtung.

Ich setzte mich auf ein Sofa und wartete, dass der Aufzug kam. Auf einem Bildschirm sangen klonartige, wie Bräute gekleidete Mädchen. Porzellanhaut, eisiger Blick, kobaltblaue Kontaktlinsen. Sie sangen Beethovens »Ode an die Freude« auf Chinesisch, öffneten kaum den Mund, schauten mit hölzerner Zuversicht in die Kamera, umgeben von Wänden aus Spitze und Rahm.

Ich ging auf demselben Weg zurück, den ich in der Nacht gekommen war, aber er wirkte anders. Touristen mit Spiegelreflexkameras um den Hals schleppten sich durch die Hitze, mit grimmiger Miene, wie von etwas niedergedrückt. Auch die Wolkenkratzer von Pudong wirkten tagsüber anders. Weniger poetisch. Einer hatte die Form eines Flaschenöffners, was im gleißenden Sonnenlicht überzogen und grotesk wirkte, wie gewisse, mit müder Stimme erzählte Witze gegen Ende einer Party. Der Oriental Pearl Tower war zu knallig, zu mitteilsam. An der Station Lujiazui nahm ich die Metro der Linie 2. Sie war voller Menschen. Dicht aneinander gedrängte Körper. Ich erstickte.

Vor meinem Hotel zog eine Frau in einem Unterhemd einen Mann auf einer Karre hinter sich her, der dem Tod nahe war. Mit geschlossenen Augen, das Gesicht erdig, lag er auf der Seite und schien nach Atem zu ringen. Begleitet von einem elektronischen Gedudel, schwenkte die Frau einen Zettel mit einem aufgedruckten Barcode, über den man mit dem Handy Geld spenden konnte. Ab und zu fuhr sie mit einer Hand durch die Luft, im Takt der Musik. Ich versuchte den ganzen Tag über, Hausaufgaben zu korrigieren, doch ich konnte mich nicht konzentrieren. In der Nacht konnte ich nicht schlafen.

8 LUNGENSTÜCKCHEN

Wie gerädert wachte ich gegen Mittag auf. Zu viel Licht überall. Keine Zeitung, weil Sonntag war. Ohne Zeitung hatte ich keine Lust, das Bett zu verlassen. Nicht wegen der Nachrichten, sondern weil ich es mochte, dass die Zeitung zu mir ins Zimmer kam, wie jemand, der nach mir suchte und mich nicht vergaß. Ich nahm das gerahmte Foto, das auf dem Nachtkästchen stand. Ruben und ich in einem Wald in der Toskana. Leider hatte das Glas auf der Reise einen Sprung bekommen. Obwohl ich es im Koffer in einen Schal und eine Wollmütze eingewickelt hatte. Trotzdem war es der Gegenstand, der mir am meisten bedeutete. Der Riss befand sich genau in der Mitte zwischen ihm und mir, fein wie eine Träne, drang jedoch hartnäckig bis zu seinem Gesicht vor. Dieses Foto war das Erste, was ich beim Aufwachen sah, und das Letzte vor dem Einschlafen. Manchmal war es schön, es anzusehen, manchmal anstrengend. Ich schaltete das Handy ein: keine Nachricht von Xu. *Ruben, mach, dass Xu mir eine Nachricht schickt*, sagte ich, und sah ihn an, bis die Baumkronen im Bild in psychedelischem Grün leuchteten und sein Gesicht verschwamm.

Mir fiel ein, dass *Wald* und *Friedhof* auf Chinesisch gleich ausgesprochen werden. Dass ich mich an chinesische Wörter erinnerte, hatte mehr mit meinem Bruder zu tun als mit meinem aktuellen Leben in China. Die folgenden Stunden verbrachte ich damit, zwischen asiatischen Fernsehserien hin und her zu zappen und nebenbei Gummidinos zu essen. Kaum hatte eine Figur ein paar Worte gesagt, schweiften meine Gedanken ab und ich begann den vorherigen Abend nochmals Revue passieren zu lassen. Von der Unterhaltung im Poxx bis zu dem Kuss. Der Kuss war ein Fehler gewesen. Er hatte unsere Distanz zerstört. Unsere Distanz war ein sicherer Ort. Um siebzehn Uhr vibrierte das Telefon. Eine Nachricht auf WeChat, der einzigen App der Chinesen, über die man alles macht: sich unterhalten, einkaufen, seine Identität nachweisen. Es war Xu. Mir klopfte das Herz bis zum Hals. *Lass uns zusammen essen gehen. Ich erwarte dich in einer Stunde am Metroausgang Nummer 5 am People's Square.*

Ich nahm die Metro bis zur Station People's Square. Sie war riesig, krakenartig. Eingetaucht in ein bräunlich glitzerndes Pralinenschachtellicht, lief ich kreuz und quer durch die Menge, ohne den Ausgang Nummer 5 zu finden. Die Ausschilderung war verwirrend. Obwohl auf einem Wegweiser Ausgang 1–14 stand, kam man nach etlichen Taschen- und Kleidergeschäften von Ausgang 4 direkt zu Ausgang 8. Allmählich bekam ich Kopfweh, wurde unruhig. Nach drei sinnlosen Runden, bei denen ich jedes Mal wieder genau dort landete, von wo ich losgegangen war, pfiff ich auf die Nummern. Entnervt trat ich auf den Platz hinaus und sah mich um. Schließlich entdeckte ich sie hinter einem Brunnen, auf einer Marmortreppe sitzend, umgeben von Dekokaninchen aus Silikon. Sie stand auf und gab mir ein kurzes Zeichen mit der Hand.

Sie war von Kopf bis Fuß schwarz gekleidet, in Kunstleder und Tüll, die mageren Salzstangenbeine umhüllt von Netzstrümpfen. Am Handgelenk ein angeschlagener Jadearmreif, der in der Sonne funkelte. Sie lächelte und sagte *ni hao*. Sie ist fantastisch, diese chinesische Art der Begrüßung. Zu sagen *Es geht dir gut*, um dein Gegenüber nicht nur seiner Anwesenheit, sondern auch seiner Angemessenheit zu versichern. Es geht dir gut, du bist in Ordnung: Das Ideogramm zeigt ein Kind mit seiner Mutter. Der Rücken der Mutter ist allerdings unnatürlich gekrümmt. Sie steht ganz im Dienst des Kindes. Ihre Liebe ähnelt einer Strafe.

Wir spazierten unter einem glasklaren, fast durchsichtigen Himmel. Sie sprach von einem neuen Lokal in der Stadt, war anders als am Tag zuvor, weniger schroff. Freundlicher, aufmerksamer. Als ob die Xu vom Vortag die echte gewesen wäre und die Xu von heute die Beschreibung von ihr aus dem Mund einer ihr wohlgesinnten Person. Wir gingen eng nebeneinander, lächelnd. Alles war schön. Mir war schwindlig vor Glück. Als würde etwas, das in meinem Inneren Wellen schlug, nach langer Zeit endlich zur Ruhe kommen.

Ich folgte ihr ins Untergeschoss eines Einkaufszentrums. Dort gab es Restaurants aller Art. Sie entschied sich für ein traditionelles und gab auf einem großen Bildschirm neben dem Eingang eine Bestellung für uns beide auf, indem sie auf leuchtende Bilder von raffinierten und üppigen Gerichten tippte. Wir aßen frittierten Bambus, Blütengelee, Eiersülze, tibetische Pilze, diverse Wurzeln, Salat mit Mayonnaise, Brokkoli mit Vanillecreme. Die drachenförmigen Teller waren aus Keramik. Mir schmeckte nichts. Aber ich aß und aß und sah ihr beim Essen zu. Gehorsam. Einen Bissen nach dem anderen. Das Essen, das sie ausgewählt hatte, zu verzehren, war ein Akt der Ergebenheit, mit dem ich nicht gerechnet hatte und der mir doch ganz natürlich erschien.

Ständig wurde neues Essen aufgetragen. Dampfende Ravioli, einzutunken in Essig. Kochend heißer Obstsalat. Mit einer glänzenden Glasur überzogenes Schweinefleisch. Ich wusste, dass es in China ein Gebot der Höflichkeit ist, mehr zu bestellen, als der Gast erwartet, ihn mit einem Versprechen unendlicher Nahrung zu erobern. Es war eine plumpe und bulimische Form der Liebe. Etwas, das ich nachvollziehen konnte. Ich atmete tief durch und kaute weiter.

Ich fragte mich, was Ruben wohl denken würde. Welche Gerichte ihm schmecken, welche er langsam auf der Zunge zergehen lassen würde, während er bereits überlegte, wie er sie nachkochen könnte. An jenen Nachmittagen, an denen er Kuchen gebacken hatte, waren wir uns am nächsten gewesen. Die Erinnerung an diese Stunden, an den Duft des karamellisierten Zuckers und an den warmen Teig, der auf der Zunge zerging, an seinen Blick, während er auf mein Urteil wartete, versetzte mir einen Stich ins Herz. Ich war satt.

Der letzte Gang war dunkles Fleisch, übersät mit grünen Dreiecken.

»Iss.«

»Ich kann nicht mehr. Wirklich.«

»Blödsinn. Probier einfach, du musst. Das ist *fuqi feipian.*«

»Heißt das etwa ... Lungenstücke von Ehemann und Ehefrau?«

Sie lachte.

»Bravo, dein Chinesisch wird immer besser. Ja, genau, der Name ist eine Anspielung auf die beiden Erfinder dieses Gerichts, ein Ehepaar, das tagtäglich gemeinsam gekocht hat. Das, was sie am meisten verbunden hat, war das Kleinschneiden des Fleisches.«

»Und was ist da drin?«

»Ochsenherz, Zunge, Kutteln und massenhaft Gewürze, genug, um den Mund unempfindlich zu machen.«

»Igitt, schon beim Gedanken daran wird mir übel. Ich hab noch nie Innereien gegessen.«

»Immer gleich die Dramaqueen, mein Gott. Konzentrier dich auf den Geschmack. Das Herz erkennst du sofort, es hat ein trauriges, beißendes Aroma.«

Sie zeigte auf ein dunkles Holzstäbchen mit einem von Runzeln und Rillen durchzogen Fleischstück, das wie kontrahiert wirkte. Ich nahm das Spießchen, schloss die Augen und führte das Herz zum Mund.

Das Restaurant leerte sich mehr und mehr. Im Hintergrund putzte jemand eine Wand. Wir sprachen über die Filme von Zhang Yimou. Über Gong Li als Mädchen mit Zöpfen und rundem Gesicht, das über die Schotterstraßen eines inzwischen versunkenen Chinas läuft. Ich hing an jedem ihrer Worte mit intensivem, schmerzhaftem Interesse.

»Du bist schön, Frau Lehrerin.«

»Nein, ich habe ein ganz gewöhnliches Gesicht.«

»Genau. Es ist schön, gewöhnlich zu sein. Mir haben sie das nicht erlaubt.«

 »Wer ›sie‹?«

»Na, die anderen.«

»Welche anderen?«

Mit einer nervösen Geste winkte sie der Kellnerin, um zu bezahlen. Dann sah sie mich mit einem Gesichtsausdruck an, aus dem viele Dinge sprachen. Einige deutete ich fast schon als Verachtung. Aber vielleicht war ich, was ihre Mimik anging, noch eine Analphabetin.

»Du stellst eine Menge Fragen. Als ob du mir den Kopf öffnen und hineinschauen wolltest.«

»Aber nein, ich ...«

»Respektier mein Tempo.«

»Es tut mir leid, ich wollte doch nur Konversation machen ...«

»Das ist keine Entschuldigung. Du musst dich gut benehmen. Verstanden?«

Ich nickte.

Da war etwas Unrundes in ihrer Argumentation: ein Schlingern in der Bahn ihrer Gedanken wie ein rasendes Auto, das immer mal wieder ins Schleudern gerät und in einem Graben landet.

»Fühlst du dich manchmal einsam, Xu?«

»Na klar, wie alle.«

»Die einen mehr, die anderen weniger.«

»Du hast da was hängen. Neben der Lippe. Warte, ich geb dir einen Spiegel.«

Sie holte einen Hello-Kitty-Plastikspiegel heraus. Ich wischte mir sorgfältig den Mund ab, während ich sie immer wieder beäugte. Sie hatte einen perfekten Schädel, wie gemeißelt. Ich sah ihn vor mir, in einem Schaukasten mit einer stichwortartigen Erklärung daneben. Ich sah mich, wie ich die Scheibe berührte, diese Distanz respektierend. Ich hatte mir noch nie Gedanken über die Knochen von jemandem gemacht, aber die von Xu waren ungewöhnlich regelmäßig. Hohe Jochbeine, kleiner Kopf, zierliches Kinn. Mit Blick auf diese Knochen schienen mir die Dinge, die sie sagte, weniger unsinnig: Ihr Körper räumte den gedanklichen Erdrutsch wieder beiseite.

»Trink den Sake aus. Wir gehen zu mir.«

Es war mir egal, ob Xus Verstand ein rasendes Auto war, das plötzlich in einem Graben landete. Es war mir egal, ob sie den Verstand, die Kontrolle verloren hatte. Ich wollte der rissige Asphalt sein, auf dem dieses Auto ins Schleudern geriet. Ich wollte ihre lästige fixe Idee werden. Sie nachts wachhalten, sie mit weit aufgerissenen Augen daliegen lassen. Ihren Geist wie ein Airbag ausfüllen, der sich beim Aufprall aufbläst. Aber ich wusste, dass das nicht geschehen würde. Dass es niemals geschehen würde. Ich konnte niemals die fixe Idee von irgendwem werden.

Es ist ein Talent. Ein Talent, das ich nicht habe. Ruben strömte die Liebe aller zu. Er legte es nicht einmal darauf an. Es passierte einfach, als automatische Folge seiner Perfektion. Er strahlte Schönheit, Verlässlichkeit aus, etwas Vertrauensvolles und Leichtes. Er mähte Herzen wie Unkraut im Garten. Ich war die, die unbemerkt blieb. Eine Variante von Ruben, das Derivat, die Fotokopie in Schwarz-Weiß. Ich war die, die als Zwölf-, Dreizehn-, Vierzehn-, Fünfzehnjährige seine Freundinnen anrief, bestens dressiert. Mit einstudierter Betroffenheit in der Stimme wiederholte ich auswendig den immergleichen Satz: *»Es tut mir leid, mein Bruder will dich nicht mehr sehen.«*

9 ZÄHNE

Nachdem wir die Metro verlassen hatten, liefen wir einen Kilometer lang durch identische Straßen, gesäumt von *convenience stores*. Hellgrüne Neonschilder, automatische Türen, die zu grell beleuchteten Regalen führten. Wir kamen an der Fudan-Universität vorbei und betraten ein schmuckloses Gebäude. Sechste Etage von neununddreißig. Durch die großen Fenster sah man auf das Alien-Ei von Wujiaochang, jenen Verkehrsknotenpunkt mit den rund um die Uhr geöffneten Einkaufszentren in seinem Inneren. Es war vier Uhr nachmittags, und durch das Ei pulsierten mit neurotischem Zucken blau leuchtende Adern.

Die Wohnung war klein, trotz der überdimensionierten Fenster, und kam mir vertraut vor. Der Plastiktisch, die helle Küche, der Metallkronleuchter. Vielleicht kam sie mir vertraut vor, weil sie mit gesichtslosen Nullachtfünfzehn-Möbeln eingerichtet war. Einem Mobiliar wie im Wartezimmer einer Arztpraxis, extra ausgesucht, um keine negativen Emotionen wie Panik aufkommen zu lassen.

Ich fragte mich, wie viele Mädchen wohl schon hier gewesen waren, nachdem sie im Aufzug Xus kalte Hand gedrückt hatten und dann in dieser Wohnung gelandet waren, in der sie sich nur deshalb zu Hause fühlten, weil sie eine Wohnung wie unzählige andere war, in der sie sich nur deshalb sicher fühlten, weil eine bestimmte Kombination aus Materialien und Farben jede dunkle Vorahnung absorbierte.

»Hattest du schon viele Freundinnen?«, fragte ich auf Italienisch. Nun, da ich es konnte, nahm ich Zuflucht in meiner Muttersprache.

»*Fidanzate*«, äffte sie mich lachend nach, es klang wie der Titel eines Zeichentrickfilms. »Du bist drollig, so sentimental.«

Ich errötete vor Scham. Vielleicht hätte ich besser nicht das italienische Wort verwenden sollen: *fidanzata*. Es bedeutet *feste Freundin*, ohne Wenn und Aber. Ein Wort, das anders als das englische *girlfriend* jener Zweideutigkeit entbehrt, die vor Enttäuschung schützt. Auch das chinesische *nupengyou* heißt *Freundin*. Von den Sprachen, die Xu und ich gemeinsam hatten, beschrieb nur das Italienische das Zusammensein mit einem so intimen und eindeutigen Wort, klebrig wie unter der Bettdecke verflochtene Hände: einem Wort, das vom lateinischen *fiducia*, »Vertrauen«, abstammt.

Ich folgte ihr durch den Korridor. Eng und grau. An der Wand ein Poster mit dem *Portrait of Edmond De Belamy*, dem ersten Gemälde einer künstlichen Intelligenz. Ein Geistlicher mit verschwommenen Zügen, als würden Teile des Gesichts fehlen. Daneben zwei dicke Nägel in der Wand, die ihr heftige Risse beschert hatten.

Im Schlafzimmer knipste sie eine kleine Nachttischlampe an. Ich kniff die Augen zusammen, um die Gegenstände um mich herum besser erkennen zu können: Berge von Schminkzeug, ein Kissen in Keksform, auf dem Boden zerfledderte Zeitschriften. Verschluckt von einer gereizten, furchteinflößenden Dunkelheit, wie der von zugezogenen Vorhängen im Zimmer eines kranken Kindes.

»Kann ich das Fenster aufmachen?«

»Warum? Soll ich die Klimaanlage runterdrehen?«

»Es riecht stickig hier drin.«

»Nein, die Fenster bleiben zu. Draußen herrscht Smog.«

Während sich meine Augen langsam an die Dunkelheit gewöhnten, begann ich die Lebensmittel zu entdecken. Aufgerissene Packungen mit Chips, überall auf dem Boden. Gläser voller Saft. Ein halb gegessener Apfel, schon ganz braun, in der Mulde eines schäbigen Sessels. Gekringelte *Ramen*-Nudeln auf einer Computertastatur. Schillernde Litschis, noch ganz frisch, neben Plastikketten in einer Schmuckschale.

»Xu, soll ich dir aufräumen helfen?«

»Was denn aufräumen?«

Sie sah mich verwirrt an. Zog ihre Schuhe aus.

»Das Essen. Es wegwerfen.«

»Das verstehst du nicht. Ich brauche es. Ich muss es griffbereit haben.«

Nun sah ich alles. Die braunen Bananen, die rechts an einem Nagel hingen. Den mit verpackten Snacks und schmutzigen Löffeln übersäten Schreibtisch. Die Selleriestangen, die sich auf einem Buch stapelten. Lutscher, grell wie reflektierende Autobahnschilder. Hühnerfüße in einer durchsichtigen Box. Flaschen mit Pflaumenlikör und Schachteln voller Kekse mit Zuckerguss. Ein Rührkuchen mit zerlaufener hellrosa Glasur. Noch bevor ich mich nach dem Sinn und Zweck dieses Hortens von Nahrung, dieses ungestörten Vermoderns fragte, überlegte ich, welche dieser Lebensmittel Ruben wohl retten würde, um ein außergewöhnliches Gericht daraus zuzubereiten. Ein überraschendes pikantes Dessert, eine Offenbarung. Ein rätselhaftes, kompliziertes Omelett. Aber Ruben war nicht mehr da, und die Lebensmittel auf der ganzen Welt verdarben, verschrumpelten und verfaulten, um schließlich als unappetitliche, amorphe Masse zu enden. Ich zog mich aus, mit klopfendem Herzen, gleichzeitig mit Xu.

»Was schaust du so?«, fragte sie barsch.

»Nichts. Es ist nur … Das Essen.«

»Denk bloß nicht, dass ich mir das alles reinstopfe. Es leistet mir nur Gesellschaft.«

»Das ist es nicht, woran ich gedacht habe. Ich habe eher gedacht, dass es unhygienisch ist, dass …«

»Na gut, ich esse es, aber danach steck ich mir den Finger in den Hals und kotze ein bisschen. Mir ist es wichtig, gut auszusehen, das ist alles, was ich habe. Also mach dir keine Sorgen.«

»Du hast mich nicht verstanden, ich mach mir Sorgen um die Hygiene, darum, dass …«

»Du machst dir viel zu viele Sorgen. Red nicht so viel. Und kritisier mich nicht.«

»Ich kritisiere dich nicht, du hörst mir nicht zu …«

»Klappe!«

Die Kleider fielen zu Boden, wie Schalen. Inmitten der Plastikverpackungen und Strohhalme, der arrangierten Himbeerhäufchen auf dem Boden. Sie hockte sich vor mich.

Ich sah den Spiegel. Einen modernen Spiegel, an dem Ketten aus roten Bonbons hingen. Ich sah meinen Bauch darin und dachte, dass er in Xus Mund die Konsistenz eines chemisch-zähen Kaubonbons haben würde, eine voraussagbare, industrielle Klebrigkeit wie die der pappigen Schokoriegel aus den 1990er Jahren. Es war ein seltsamer, neuer Gedanke, geboren aus der modrigen Umarmung dieser Essensreste um mich herum.

Ich stellte mir Xu vor, wie sie dieses ganze Essen erbrach, und ich stellte mir vor, für immer in ihr zu bleiben, unverdaut, beschützt. Ich lachte laut auf, während Xu näher und näher kam. Ein befreiendes, herzhaftes Lachen. Sie nahm einen Keks aus einer der Schachteln und stecke ihn in den Mund. Sie sah mich an, die Lippen voller Krümel, und sagte: »Leg dich hin.« Ich ließ mich aufs Bett fallen und sie zog mir den BH aus, mein letztes Kleidungsstück. Den Kopf nur wenige Zentimeter über meinem, untersuchte sie meinen Körper.

»Iss mich«, sagte ich. Er entsprang mir, der erste Gedanke dieser Art. Ich war es, die meinen Körper zuerst als eine tumbe Frucht begriff. *Iss mich: Lass mich dein werden, lass mich verschwinden*. Etwas war geschehen. Etwas in mir hatte sich gelockert und einen bisher unbekannten Teil des Geistes zum Vorschein gebracht. Xu packte meine Titten und biss in eine Brustwarze. War es nur eine Metapher gewesen? Meine Aufforderung, meine ich. Die ultimative Metapher für unsere Beziehung? Ich versuche es noch immer zu verstehen. Aber verstehen ist eine Übung in Kaltblütigkeit. Verstehen ist das Gegenteil von Hunger. Es ist das Gegenteil von Verlangen. Xu biss ein zweites Mal zu. Eine Linie aus schwarzem Blut, heiß wie geschmolzene Schokolade, zog sich bis zum Bauchnabel hinab.

»Setz dich dort hin«, sagte sie und zeigte auf die breite Fensterbank. Sie zog die Vorhänge auf. Das Blau des Eies drang ins Zimmer. Eine zuckende, aggressive Erschütterung aus Licht. Ich sah weiteres Essen. Braunes Trockenfleisch in Zellophan auf dem Boden. Ein hartgekochtes Ei, mit Flaum und Staub überzogen, in der Ecke. Ich sah die Straße, durch die wir gegangen waren, draußen vor dem Fenster. Den dunklen Asphalt und die kleinen Supermärkte. Aber sie war zur Straße einer anderen Stadt geworden. Ich streckte mich aus, das harte Glas an der Schulter. Spürte das blaue Zucken auf Wangen und Augen. Sie begann wieder zuzubeißen. Es waren keine zärtlichen oder leidenschaftlichen Bisse. Es waren kalte, exakte Bisse, wie die eines Chirurgen, der etwas ganz Bestimmtes aus dem Fleisch entfernen muss. Ihre Zähne wanderten von der Brust abwärts. An den weichsten Stellen hielten sie an, um dort zu verweilen.

Mit einem Mal sah ich die Fotos. Überall Fotos, an die Wand gepinnt. Fotos von Mädchen. Auf dem Fahrrad oder am Ufer eines Flusses. Auf einem rosa Bett, auf einer Wiese. Alle schön und zerzaust, ein bisschen melancholisch, wie verewigt während eines glücklichen, aber anstrengenden Gedankens. Alle lächelnd. Doch je länger ich sie ansah, je näher ich dem Orgasmus kam, umso mehr wurden daraus Grimassen der Angst. Dann sah ich den Armreif. Drei dieser Mädchen trugen denselben Jadearmreif wie Xu. Sicher, es war ein gewöhnlicher Armreif, der typische durchsichtige Ring aus Jade, den ich im Schaufenster fast aller Schmuckgeschäfte gesehen hatte, aber er war an genau derselben Stelle angeschlagen. War sie auch mit ihnen ins Bett gegangen? Führte sie mir ihre anderen Gespielinnen vor, die anderen Körper, in die sie eingedrungen war, die sie gebissen hatte, Körper so gefügig wie der meine, Körper zur Gesellschaft? Wollte sie mich wissen lassen, dass ich nicht die Einzige war? Wie suchte sie uns aus? Nach der Weichheit des Fleisches, nach der Traurigkeit im Blick? Sie lächelte, blinzelte, täuschte Gefühle vor. Eine Träne aus Blut rann von meiner Brustwarze zu den Genitalien. Ich war kurz davor zu fragen, wer diese Mädchen waren, die inmitten der Dunkelheit und der Essensresten schwebten, engelsgleich und zerbrechlich wie Opferlämmer. Ich war kurz davor, zu kommen. Die Dunkelheit um uns herum bebte, als wären wir von etwas Ruhigem und Bösem – von etwas Allwissendem und alles Zermalmenden – umfangen.

10 MAGEN

In den Tagen darauf ging es mir bestens. Es beunruhigte mich zwar ein wenig, dass es sich daraus ergeben hatte – dass mein Wohlbefinden aus Xus Zähnen, aus ihrem Speichel resultierte –, aber im Grunde war das nicht weiter wichtig. Wichtig war, dass es mir gut ging. So unfassbar gut, dass es kaum zu glauben war. Nach Monaten. Vielleicht nach Jahren. Ich hatte vergessen, wie es sich anfühlte. Der Gedanke an die anderen Gespielinnen löste sich in Luft auf. Er war belanglos. Aus mysteriösen Gründen hatte Xu nun mich auserwählt. Mich ganz allein. Nachts konnte ich vor Aufregung nicht schlafen, und tagsüber, in der Schule, war ich mit Begeisterung bei der Sache. Es war eine körperliche, absolute Freude. Eine Wolke aus Wärme und Offenheit von der Vulva bis zum Kopf, eine verrückte und melancholische Freude, Xus Essen zu sein. Wäre es mir genauso gut gegangen, wenn sie mich nicht gebissen hätte, wenn sich unsere Körper auf neutrale, friedliche Weise begegnet wären? Keine Ahnung. Ich fragte Ruben, auf dem Foto mit dem Sprung in der Mitte, und erwartete eine Antwort.

Da ich glücklich war, verhielt ich mich auch meinen Schülerinnen gegenüber freundlicher. Da ich freundlicher zu meinen Schülerinnen war, mochten sie mich mehr. Da sie mich mehr mochten, gab ich mir Mühe, mich selbst zu lieben. Ich ging am Samstagnachmittag allein auf der Nanjing Road spazieren, ein Lächeln auf den Lippen: Die Einsamkeit, bisher gefährliches Terrain, war zu einem Hort der Fantasie geworden. Ich kaufte handgestrickte Pullover in der siebten Etage der Einkaufszentren von Jing'an, für die kommenden kalten Monate. Ich hörte den traurigen Straßenmusikanten auf einem Platz unter Bäumen zu. Ich sprühte mich jeden Morgen mit einem Irisduft ein und ging spätnachmittags ins Crystal zur Massage. Ich kaufte Unterwäsche mit albernen Eiscreme- und Regenbogenmotiven: Die Freude verwandelte meine Persönlichkeit auf erstaunliche Weise. Abends wartete ich auf das Aufleuchten von Xus Worten auf dem Handybildschirm wie eine Gefangene auf den ersten Sonnenstrahl, der durch die Gitter fällt.

Tagsüber sahen wir uns kaum. Sie wechselte die Klasse, um Komplikationen zu vermeiden, also sah ich sie nur im Vorbeigehen, zwischen einer Unterrichtsstunde und der nächsten. Einen schwarzen Pagenkopf im Hof, schimmernd im gleißenden Sonnenlicht, inmitten anderer, inmitten eines Getuschels, auf den ich mich mit klopfendem Herzen zubewegte und der sich plötzlich zur Seite drehte und eine andere Nase, andere Augen enthüllte. Ein anderes Mädchen. Ich brauchte jedes Mal ein paar Sekunden, um zu begreifen, dass es nicht sie war, dass sie nicht einfach aus dem Nichts auftauchte, nur weil ich sie sehen wollte. Es regnete tagelang, ein schmutziger, dichter Regen, voller Staub.

Bei Sonnenuntergang besuchten wir verschiedene Orte. Das Spieluhrenmuseum, menschenleer, nur für uns. Den Markt der Perlen, die Zähnen glichen, unter der Erde verschleudert zwischen gefälschten Converse und bunten Koffern. Danach gingen wir stundenlang über die Duolun Road, die elegante Straße der Schriftsteller aus den 1920er Jahren, die sich inzwischen als Bronzestatuen auf Bronzesesseln gegenübersaßen, vertieft in eine überirdische Konversation. Zwei bildhübsche Transmädchen in traditionellen Kleidern aus rosa Seide posierten, während sich die Dunkelheit herabsenkte, vor einem Backsteinhaus für Fotos, der Teint bernsteinfarben leuchtend. Aufgekratzt kehrten wir zum Bund zurück, jenem Ufer, von dem aus man die Wolkenkratzer von Pudong bestaunen und für ein paar Yuan kitschige Fotos machen lassen kann: sie mit mir im Arm, als würde sie mich wirklich lieben, ich mit Blick zum Fotografen, ein schüchternes, sehnsüchtiges Lächeln auf den Lippen. In der Straße mit den Restaurants aus aller Herren Länder tranken wir Bier in einem englischen Pub und aßen danach Schildkröte in einem chinesischen Restaurant. Manchmal drehte sich mir der Kopf: zu viel Szenerie, zu viele visuelle Reize. Eine Flut aus widersprüchlichen urbanen Elementen. Im Gegensatz zu westlichen Städten, die mit erholsamer Gleichmäßigkeit daherkommen, präsentiert sich Schanghai wie ein Traum, in aufgetürmten Bildern. Wenn man aufwacht, wenn man wieder zu sich kommt, pochen die Schläfen wie ein Alarm.

Ich ging auf die Toilette des Restaurants, aber dort gab es nur Hockklosetts. Das Loch im Boden stieß mich ab. Die Vorstellung, die Beine breit zu machen und meinen Urin hinabrieseln zu sehen. Ich beschloss, mir das Pinkeln zu verkneifen. Beim letzten Mal hatte ich auch Chilistückchen hinabrieseln sehen, etwas, das ich niemals für möglich gehalten hätte. Die Schildkröte hatte einen beißenden Geschmack. Penetrant auf der Zunge und im Rachen. Den Geschmack einer Kreatur, die in der Behaglichkeit eines Panzers lebt und plötzlich herausgezerrt wird, um verschlungen zu werden. Ruben hätte sie niemals gegessen. Ich hätte sie niemals gegessen. Wir hatten eine Schildkröte gehabt, für eine Weile, als wir fünf waren. Manchmal schlief sie, Kopf und Beine außerhalb des Panzers, im Gras, völlig schicksalsergeben. Wenn man den Finger ausstreckte, reckte sie einem das Köpfchen entgegen, um sich streicheln zu lassen. Es war nur ein Augenblick, ein Aufblitzen von Boshaftigkeit gewesen: Ich hatte an Xus Gespielinnen auf den Fotos gedacht, an sie selbst, wie sie wahllos eine von ihnen vögelte. An den Jadearmreif am Handgelenk irgendeines nackten Mädchens, der gegen das Kopfteil des Bettes schlug, während eines Ficks, wie Zähne, die vor Kälte klappern. Ich hatte daran gedacht und die in einer braunen Soße schwimmende Schildkröte aufgespießt. Es war die Reflexion eines Gedankens, der ungesunde Schatten einer Furcht. Ich kaute. Schluckte. Hatte es eigentlich nicht gewollt. Ihre Unschuld brannte in der Speiseröhre.

Nach dem Abendessen gingen wir in eine Diskothek. Ich war beschwipst und nahm wenig von dem auf, was ich sah. Die Leute tanzten steif, ohne sich zu berühren, im stroboskopischen Licht. Die chinesische Diskomusik war seicht, abstoßend und ergreifend zugleich, wie die eigenen Milchzähne aus Kindertagen, die man nach Jahren in einer wurmstichigen Schublade findet. Auf dem Nachhauseweg, im Taxi, bemerkte ich etwas, das sich auf dem Kopf des Taxifahrers bewegte und zwischen dem grau melierten, schütteren Haar umherkroch. Ein kleiner weißer Wurm. Ich schüttelte Xu, die am Wegdämmern war, um mir bestätigen zu lassen, dass ich richtig gesehen hatte. Sie nickte und schloss erneut die Augen. Hinter der Scheibe die Stadt, versunken im Gewitter und im Astrallicht der Kasinos.

11 FINGER

Der Körper ist eine bloße Laune der Natur auf einem Planeten des statischen Lebens. Achtzig Prozent der irdischen Biomasse sind Pflanzen. Reglose, stumme Materie. Nur eine Panne macht uns zu Fleisch und Stimme. Zu einem Organismus, der schreit, genießt, verlangt, sich fürchtet vor dem Tod.

Wir vögelten in den Toiletten der 3D-Kinos.

Wir vögelten in Motels.

Wir vögelten bei ihr zu Hause im Schein des Alien-Eies, nachdem wir das Takeaway aus drei verschiedenen Restaurants gegessen hatten.

Wir vögelten mit vollem Bauch, schläfrig von Kohlehydraten, umringt von Schachteln und gebrauchten Stäbchen und Sojasaucendöschen auf dem Boden.

Ihren Körper kennenzulernen und meinen gleich dazu, war eine chaotische und berauschende Erfahrung.

Bisher hatte ich meinem Fleisch nur die Aufmerksamkeit geschenkt, die man einer kurzzeitig gemieteten, billigen Wohnung schenkt. Jetzt jedoch war plötzlich alles anders. Xus Hände vermaßen mich. Erkundeten mich. Wie ein Produkt am Ende eines Fließbands, das kontrolliert werden muss, bevor man es der Welt übergibt. Es hatte etwas Zärtliches. Etwas, das mich anrührte.

In ihrem Zimmer war es warm, dann kalt, dann schwand die Zeit. Sie küsste mich, bis mir der Atem stockte. Den Atem brauchte ich nicht mehr. Ich empfand nichts mehr für die Welt: Die wenigen Gefühle, die ich noch hatte, begrub ich gerade in Xu. Um achtzehn Uhr gingen wir in das Hot Pot Restaurant unten im Haus. Es nieselte. Einander gegenüber an einem großen schwarzen Tisch sitzend, packten wir die glänzenden Fleischlappen und ließen sie in den Topf mit aromatischer Brühe fallen. Später am Abend, auf der Fensterbank, war ich betrunken und glücklich, die Finger in ihr und die Augen geschlossen. Die Vorstellung einer sterilen Liebe, in der keine noch so heftige Leidenschaft neues Leben hervorzubringen vermochte, faszinierte mich. Es war eine poetische Vorstellung. Körper, die sich aus reiner Liebe vereinigen, ohne die lauernde Falle der Fortpflanzung, sind poetische Körper.

Es war schön, wenn sie meine Bluse hochschob und das zarteste Fleisch des Bauches auswählte. Unattraktiv, wie ich mich fühlte, bot ich es ihr in einer Mischung aus Dankbarkeit und Scham an. Sie sagte, dass sie mich gernhatte, und ich antwortete, dass ich sie auch gernhatte. Mehr gab es nicht, keine Romantik wie im Fernsehen, nur ein kümmerliches Häufchen Worte, solange sie hielten, solange sie nicht wie Kekse zerkrümelten wie in dem Moment, als sie mich nach meinem Bruder fragte, oder als ich nach Hause ging und sie das Telefon für zwei Tage ausschaltete und ich Essen in mich hineinstopfte, allein, auf dem Bett, im Dunkeln, bis in die Morgenstunden. Oreos und KitKat, Zimtkekse. Die harten Krümel überall verteilt, auf den Beinen, unter dem Hintern, auf den Händen, auf dem Laken. Ständig checkte ich das Telefon, hin und wieder schickte ich ihr in einem Akt der Verzweiflung ein Herz in unseren Chat und wartete atemlos auf ein Lebenszeichen. Ich fragte mich, wie viele andere Herzen wohl in diesem Augenblick in Chats ausgeworfen wurden wie Köder auf hoher See inmitten eines Unwetters. Wie viele andere Herzen ohne Antwort, ohne Beachtung bleiben würden. Das Herz, dieses kleine Symbol aus einer Spitze mit zwei Höckern obenauf, ist das am häufigsten verwendete Ideogramm des Planeten Erde. Wir zeichnen es von Kindesbeinen an und freuen uns darüber, wie leicht es uns von der Hand geht. Wir verwenden es auf Glückwunschkarten und Defibrillatorschildern, für kitschigen Schmuck, den wir am Hals tragen oder um die Handgelenke von Neugeborenen legen. Seine Form leitet sich aus den Samen einer ausgestorbenen Pflanze namens Silphium ab, die die Frauen des antiken Rom schluckten, um keine Kinder zu bekommen. Der Legende nach wurden die ersten Samen vor zweieinhalb Jahrtausenden an der Küste Libyens in die Welt gebracht, von einem schwarzen Regen.

Um sechs Uhr abends an einem Donnerstag, als ich gerade mit der U-Bahn vom Supermarkt nach Hause fuhr, erhielt ich eine Nachricht auf Chinesisch von ihr. Sofort öffnete ich mit pochendem Herzen die App, um sie zu übersetzen. Sie lautete: *Ich auch*. Ich durchsuchte unsere letzten Nachrichten nach einer, zu der diese Antwort passte, die noch im Raum schwebte, aber es gab keine. Sie waren alle abgeschlossen. Unsere schriftliche Unterhaltung hatte keine losen Enden. Xu hatte nur die Empfänger verwechselt. Eine andere Person, irgendwo in Schanghai, führte gerade ein unterbrochenes Gespräch mit Xu zu Ende. Es war keine große Sache, aber es schmetterte mich nieder.

An meiner Station stieg ich nicht aus, blieb einfach sitzen, eine Stunde lang, wie gelähmt. Um mich herum fröhliche Mädchen in Polyesterkleidern, die eher schlecht als recht den Gewändern der Qing-Dynastie nachempfunden waren. Schillernder Modeschmuck, geblümte Haarspangen. Ich stieg aus und nahm eine U-Bahn zurück nach Hause. Eine dunkle Strömung hatte sich meines Orientierungssinns und meines logischen Denkens bemächtigt und riss Raum und Willen mit sich fort. In der zweiten U-Bahn war es viel zu heiß. Der Wagen war voller junger Mädchen in Uniform, die aus der Schule kamen. Sie kicherten gemeinsam vor ihren pinkfarbenen Handys. Für sie war es ein ganz normaler Donnerstag.

Zwanzig Haltestellen später stieg ich aus, an einem Ort namens Songjiang, einem Vorort mit breiten heruntergekommenen Straßen. Ich ließ mich mit der Menge treiben, ging unter antiken, zwischen Wohnblöcken aus den 1970er Jahren eingezwängten roten Toren hindurch, bis ich zu einem taoistischen Tempel kam. Dort gab es Nischen mit Statuen von kuhgesichtigen Göttern. Breite animalische Nasenlöcher und grausamer Blick. Einer hatte eine ellenlange Zunge, die über den Boden kroch. Es war totenstill und roch nach Asche. Jemand schenkte mir ein Räucherstäbchen, doch als ich es in den Sand des Weihrauchtopfs stecken wollte, um zu beten, brach es entzwei und der Junge am Eingang blaffte mich an. Mit gesenktem Kopf schlich ich davon. Hinter einem rot-gelben Zaun, in einem Hof, lag eine Ziege in ihren Exkrementen und schrie.

Zwei Tage später nahm Xu mich zum *Fake Market* mit, dem Markt der Imitationen. Wir stiegen am Wissenschafts- und

Technikmuseum aus und verbrachten Stunden unter der Erde, zwischen den Ständen mit gefälschten Gucci- und Chaneltaschen, kichernd und giggelnd. Danach tauchten wir hinter dem Museum wieder an der Oberfläche auf, neben einer luftdurchwehten, von gepflegten Hecken und giftfarbenen Wolkenkratzern gesäumten Straße. An ihrem Ende befand sich der Century Park. Wir hetzten durch ihn hindurch, bevor er geschlossen wurde, mit Blick auf die Boote und den gezackten Kamm der Häuser in der Ferne. Im Laufen griff ich instinktiv nach ihrer Hand und hielt sie fest. Wenn ich mit ihr zusammen war, kam mir alles aufregend und irrwitzig vor. Als wäre das alles nicht mein Leben, sondern ein mittelmäßiger, aber packender Film. Ein Monumentalfilm mit dem richtigen Licht und den falschen Dialogen: ein Film, der einen in seinen Bann zieht und dann ein schlechtes Ende nimmt.

Erschöpft setzten wir uns auf eine Bank. Eine Familie kam vorbei, mit Kinderwagen, Kindern, Luftballons. Sie lärmten, lachten laut. In der Ferne sang irgendwer eine Pekingoper, jemand anders spielte Flöte. In den chinesischen Parks herrschte stets eine übertriebene, vielstimmige Freude, die mir wie eine enge Verwandte des Hungers und der Angst von Jahrhunderten vorkam.

Ich beugte mich zu Xu, um sie zu küssen, aber sie wich zurück.

»Nicht jetzt.«

»Und warum nicht? Etwa, weil wir in der Öffentlichkeit sind?«

»Aber nein, Dummerchen. Doch nicht deshalb. Wenn du willst, ziehe ich mich hier vor allen Leuten aus, damit du siehst, dass es mir egal ist, was die anderen denken.«

»Das weiß ich. Ich will nur wissen, warum.«

»Weil ich entscheide, wann wir uns nah und wann fern sein müssen. Das ist alles kalkuliert.«

Ich senkte den Blick, sagte nichts mehr.

Xu streichelte mir über die Wange. Ihre Handfläche war hart und gebieterisch, wie die Streicheleinheit, die man einem Hund gibt, um ihn zu dafür zu belohnen, dass er an seinem Platz geblieben ist.

An diesem Abend schnupperte ich, während ich mir die Zähne putzte, am Arm und stellte fest, dass meine Haut anders roch. Sie roch nun ernster, tiefgründiger, wie ein Brunnen, in den niemals Licht fällt. Im letzten Monat hatte ich, abgesehen von den üblichen gräulichen Wurzeln und in scharfe Soßen eingelegten Knollen, zu viele vom Schmerz zusammengezogene, getrocknete Beine gegessen. Offene Mägen, Lebern, die nach Eisen schmeckten. Winzige ungehörte Gehirne. Einen ganzen Monat lang hatte ich das Innere von Körpern verschlungen. Ich nahm eine lange Dusche, bis mein Puls sich beruhigte. Danach fiel ich ins Bett und schlief ein, das Gesicht ins Kissen gedrückt. Im Traum stürmte es und jemand sagte zu mir: *Es tut mir leid, dein Bruder will dich nicht mehr sehen.*

12 NACKEN

Wir begannen, jeden Abend ins Poxx zu gehen. Es war Xus Lieblingslokal, seit sie als Schuldmädchen den Unterricht geschwänzt hatte. Damals hatte es auch vormittags geöffnet gehabt und ein Hinterzimmer geboten, um am Computer zu spielen und Sojamilch aus kleinen Glasflaschen zu trinken. Auf dem Deckel stand kein Haltbarkeitsdatum, man trank sie so lange, bis einen ihr Geschmack zwang, sie auszuspucken, direkt auf den Boden. Am ersten Abend stellte sie mich ihren Freundinnen vor. Sie sollten auch in Zukunft immer an unserer Seite sein, hier im Club. An ihrer Seite. Wie ihre pedantischen Schatten. Ich hasste sie alle vom ersten Moment an. Die frisch gestylten Haare, die nach Jasmin duftenden Nacken. Es war keine Eifersucht, es war etwas noch viel Primitiveres. Die angeborene Rivalität zwischen Tieren im Dschungel, in dem alle potenzielle Feinde sind. Ein paar von ihnen waren Schülerinnen von mir, doch sobald wir das Poxx betraten, löste sich das hierarchische Gefälle zwischen uns in Luft auf. Wir alle waren Xu schutzlos ausgeliefert in diesem westlichen Lokal: Wir waren Anhängsel ihres Blicks. Ich sah ihnen nie direkt ins Gesicht, vergaß regelmäßig ihre Namen. Wobei die englischen Namen, die sie mir nannten, ohnehin falsch waren, bestimmt für Menschen, die nie die Chance haben würden, sie wirklich kennenzulernen. Jeder Chinese, jede Chinesin hat mindestens zwei Namen. Einen echten, intimen, für die anderen Chinesen und für die, die man liebt. Und einen westlichen, oberflächlichen, der allen anderen präsentiert wird.

Es gab eine Kelly, statuenhaft, ampelgelbes Haar bis zum Po. Kellys Name war auch Biyu: ihr echter, wie ich ihr in einem Gespräch entlockte. Biyu nannte sich im Französischunterricht auch Angélie. Jede Einzelne von ihnen war meine Feindin, weil sie zu viele Namen und zu viele Möglichkeiten boten, zu viele Chancen, Xus Objekt der Begierde zu werden. Und Xu sah sie voller Neugier und Zuneigung an, wie eine strenge, aber nachsichtige Mutter. Eine attraktive Mutter, fernab von allem und doch willens, einmal kurz den Blick von sich selbst abzuwenden und einem gnädig das Ohr zu leihen. Gleichaltrig wie sie und ihnen doch hinsichtlich Alter, Bindungen und in die Wiege gelegten historischen Zwängen um Jahre voraus. Sie löste Paarprobleme, warf mit Dante, italienischen Schimpfwörtern und komplizierten chinesischen Rezepten um sich. Sie lächelte süßsauer, in der Hand ein Sektglas mit dunklem Lippenstift am Rand. Sie schmachteten sie bewundernd und sehnsüchtig an. Warteten darauf, ihre ach so wichtigen Alltagsproblemchen vor ihr auszubreiten. Schmetterlinge im Bauch, schlechte Noten, Streitereien mit den Eltern. Warteten darauf, verstanden zu werden. Sie verstand voll und ganz, wollte jedoch von niemandem verstanden werden. Es war ihr wichtig, unverständlich zu sein. Vielleicht dachte sie, wer auch immer sie zu verstehen beginne, werde dann auch wissen, wie er sie leiden lassen könne. Nur sie durfte verstehen, nur sie durfte leiden lassen.

Ich trank für mich allein, abseits am Tresen, während sie sich auf Chinesisch über weiß der Himmel was unterhielten, viel zu schnell, als dass ich hätte folgen können. Wenn sich mein Verstand vernebelte, ging ich, ohne mich zu verabschieden. Dafür brauchte es mindestens vier Sake, ich vertrug ziemlich viel Alkohol, so viel, dass Xus Freundinnen, deren Organismen das Enzym zum Abbau von Ethanol fehlte, abschätzig lachend zu mir sagten: »Du bist ein echter Trucker.« Wenn Xu mich gehen sah, aus dem Augenwinkel heraus, während eines vulgären Gelächters oder während sie den anderen zuhörte, im schwülstigen blauen Licht dieses ruinösen Ortes, warf sie mir einen zerstreuten Blick zu, ohne mir jemals auf Wiedersehen zu sagen oder mich zum Bleiben aufzufordern.

Meine Nachhausewege aus dem Poxx glichen widerwärtigen Reisen in mein Inneres. Betrunken, wie ich war, konnte es leicht geschehen, dass ich eine Chinesin mit kurzen blonden Haaren, ihren Kopf und Nacken, von hinten mit meinem Bruder verwechselte. Ihre Hand, die das Handy hielt, mit seinen dünnen weißen Fingern. Ebenso, wie ich oft eine x-beliebige Chinesin mit Xu verwechselte, die noch immer im Poxx war, ohne mich. Aber die Logik hatte auf diesen nächtlichen Wanderungen kaum mehr Macht über mich.

Die tierförmigen Gesichtscremes in den *convenience stores* erinnerten mich an die Spielsachen aus meiner Kindheit, und ich spürte einen seltsamen Stich im Herzen, als hätte sie mir jemand gestohlen. Jedes Mal kaufte ich etwas. Um mich abzulenken. Einen Bleistift, einen hässlichen Schlüsselanhänger in Gestalt eines Drachen. Wenn du dich beschissen fühlst, ist es tröstlich zu wissen, dass du winzige Teile der Welt kaufen und mitnehmen kannst. Selbst hässliche Schlüsselanhänger in Gestalt eines Drachens sind ein Teil der Welt. Ich bezahlte mit dem Handy, weil Bargeld in Schanghai fast schon Geschichte ist. Der Mann an der Kasse scannte den Code und lächelte mich nicht an.

Nachts, im Hotel, betrachtete ich mich im Spiegel. Mein Körper war pummelig, durchschnittlich. Mein Körper war eine fixe Idee, außer nachts. In meinen Träumen war ich zwischen Kopf und Füßen eine amorphe Dunkelheit, die manchmal wie ein schwarzes Loch die gesamte Umgebung verschluckte. Autobahnen, Platanen, Busse, Plattenbauten, alles verschwand in diesem Nichts zwischen Fußgelenk und Brustbein. Nachts, im Hotel, betrachtete ich mich im Spiegel. Irgendetwas stimmte nicht: Ich war in China, am anderen Ende der Welt, aber leider war ich immer noch ich.

Ruben, seit du nicht mehr da bist, habe ich zugenommen und bin nach China gezogen und habe mich in ein Mädchen verliebt, das dir nicht gefallen würde, erzählte ich dem Foto, nachdem Xu mir ein »Schlaf gut« geschickt hatte – oder auch nicht –, und ich in der Schwärze der Nacht das Lämpchen neben dem Bett einschaltete und mir der Kopf beinahe platzte vor Dopamin und Zweifeln und manischer Verehrung. Und ich legte mich mit meinem Zwilling hin – ein zarter Kuss auf die Stirn oder auf das Blau der Augen, dort, wo das Glas gesprungen war –, auf der Suche nach Schutz oder einem einzigen Gedanken, der nicht Xu galt.

13 GEHIRN

Der 18. November war Rubens und mein Geburtstag. Ich sagte es weder Xu noch sonst jemandem und beschloss, dass es nur Rubens Geburtstag war. Ich fand eine geöffnete Brasserie neben einer schmiedeeisernen Laterne, auf der zwei dümmliche Engel funkelten. Ich trat ein und kaufte zwei Croissants, eines für mich und eines für meinen Bruder, und verschlang sie noch vor Ort hastig im Stehen. Die heiße *Matcha*-Cremefüllung tropfte mir das Kinn hinab und hinterließ einen radioaktivgrünen Fleck auf dem Mantel.

Ich kehrte nach Hause zurück, leicht taumelnd. Auf dem Bett checkte ich das Handy und entdeckte drei Nachrichten von Xu. Auf Chinesisch. Das war ihre Art, mich zu dominieren. Sich unentzifferbar machen, mich zu einem mühsamen Akt des Entschlüsselns zwingen. Ich öffnete die Übersetzungs-App, dann überlegte ich es mir anders und schloss sie wieder. Mit zusammengebissenen Zähnen beschimpfte ich sie: *Sadistin, Narzisstin*. Nur wenn ich heimlich schimpfte, verwendete ich noch meine Muttersprache.

Es war immer noch Samstag. Es war immer noch Nacht. Mir war schwindlig. Ich stellte das Handy auf Flugmodus und aß die Reistorte, die ich im Supermarkt gekauft hatte, vor meinem Entschluss, keinen Geburtstag zu haben. Es war Mitternacht. Draußen vor der dicken Fensterscheibe gingen in einigen Wolkenkratzern die Lichter aus, nur nicht im Fitnessstudio, in dem noch immer wie Fische dunkle Silhouetten von Frauen umherwimmelten. Die Büros blieben schwach beleuchtet, ein diesiges fahlgelbes Licht, das bis Tagesanbruch durchhalten würde. Es war mein erster Geburtstag ohne Ruben, der erste, an dem ich allein auf der Welt war.

Tags darauf war Sonntag und wir fuhren nach Suzhou. Ein typischer Sonntagsausflug. Romantische Boote auf einem silbrigen Fluss, in den alten Kanälen. Flöte spielende Mädchen. Zu Schleuderpreisen angebotene chinesische Jutejacken. Der Löwenwaldgarten: ein unglaubliches steinernes Labyrinth. Riesenwaffeln ohne jeden Geschmack, aber so heiß und flaumig, dass sie die Seele wärmten. Die Musik. Viel Musik. Kanäle und Himmel, ertränkt in Musik. Alles unecht. Alles wunderbar, vermutlich. Ich war mir fast sicher. In der Nacht zuvor hatte ich meinem Psychiater in Rom eine Nachricht auf dem Anrufbeantworter hinterlassen, weil die Dinge allmählich aufhörten, mir wunderbar vorzukommen, und ich die Dosis Fluoxetin erhöhen wollte.

Wir aßen in einem leeren, durch und durch roten Restaurant, bedient von Roboterkellnern. Sie glichen nicht den irritierend menschlich aussehenden japanischen Robotern der 2000er Jahre, sondern denen der 1980er Jahre, weiß und quadratisch, mit großen seelenlosen Augen, in deren Mitte ein Lämpchen anging. Ich sagte zu Xu, Suzhou habe mich beeindruckt, weil es dort so viel Vergangenheit und so viel Zukunft gebe. »Nur keine Gegenwart«, kommentierte sie, dann schnappte sie sich das letzte Stück glasierte Ente. Ich begriff nicht, was sie meinte. Zwei bildhübsche, magere Mädchen in der traditionellen Kleidung der Qing-Dynastie stimmten einen ergreifenden Gesang an, langsam und digitalisiert, und zupften dazu die Saiten der Guzheng.

Wieder zu Hause, hatte ich immer noch Hunger. Als ob ich nichts gegessen hätte. Einen unglaublichen, erbärmlichen Hunger. Aber der Kühlschrank war leer. Ich schaltete den Fernseher ein. Es lief Werbung für die Neueröffnung von IKEA-Filialen in ganz Asien. In Tokio projizierten sie auf die Schauräume ein holografisches Mädchen namens Imma, eine computergenerierte Influencerin. Geistesabwesend starrte ich auf den Bildschirm. Im Kopf ließ ich jeden Augenblick Revue passieren, in dem Xu mich gestreichelt, geküsst, gekaut hatte. Es kam mir vor wie aus einem anderen Leben. Ganz klar, ich war nur eine von vielen gewesen. Ihre westliche Phase, ihr exotischer Endsommerfick. Während ich mich auf dem Sofa befriedigte, entnervt und angewidert, lief die Werbung weiter, liefen das perfekte Zimmer und die imaginäre Frau, ihr imaginäres Leben, einsortiert in ein reales Minizimmer, weiter, und ich dachte an Xu und an ihre Gleichgültigkeit, an ihre Schönheit und ihre Gleichgültigkeit, und die beiden Begriffe vermengten sich, und während ich kam, wurde mein Körper taub und erschien mir wie eines der Möbelstücke aus dem Werbespot, wie eine dieser Matratzen, auf denen Familien Probe liegen, und ich stellte mir die taghell beleuchteten Gänge von IKEA vor und die händchenhaltenden Familien, die sich ausstreckten, und meinen weichen Körper unter all diesen glücklichen Familien der Welt, als Ruhestatt ihrer Liebe, ihrer echten Liebe, einer Liebe, die ich nie erfahren hatte.

14 TROMMELFELLE

Die Tage verflogen schnell, neurotisch. Der Dezember kam. Manchmal führte ich während des Frühstücks imaginäre Gespräche mit Ruben. *Ich glaube nicht,* sagte ich zu ihm, *dass Xu mich liebt. Nicht so, wie ich es aus den Fernsehserien kenne. Sie macht mir keine Geschenke, sagt mir nie unter Tränen, dass sie Angst hat, mich zu verlieren, spricht niemals von einer gemeinsamen Zukunft. Sie erzählt mir nur von ihrer Vergangenheit, aber in ihrer Vergangenheit gab es mich natürlich nicht. Was soll ich tun, Ruben? Was soll ich tun?*

Am Abend des 5. Dezember rief mich mein Psychiater an, als ich gerade im Supermarkt war, in der Obstabteilung.

»Es ist viel zu teuer für Sie, wenn Sie mich hier anrufen«, sagte ich zu ihm, und er antwortete, er wolle wissen, wie es mir gehe, in einem Ton, der dank der beruflichen Erfahrung warm und tröstlich klang.

»Wollen wir einen Skype-Termin vereinbaren? Morgen, um siebzehn Uhr?«

Ich fragte mich, in welchem Ton er wohl mit seiner Mutter, mit seiner Partnerin sprach. Mit einer kleinen wehrlosen Tochter. Schweigend stand ich da, vor mir fuchsiarote Früchte, die an menschliche Gesichter erinnerten. Sie hatten kleine grünliche Schuppen, fein wie Fingernägel, dort, wo Augen, Nase und Mund gewesen wären. Ein zahnloser Junge fuhr mit einem Mopp über den Boden und wischte etwas Zähes, Klebriges weg. Der Psychiater fragte mich ein zweites Mal, wie es mir gehe, sanft mein Schweigen durchbrechend, und ich bekam feuchte Augen, weil es so lange her war, dass sich jemand Gedanken um mich gemacht hatte. Dann fiel mir ein, dass es ja nur sein Beruf war, sich Gedanken um die anderen zu machen, wie das Bodenwischen für den zahnlosen Jungen, und ich erwiderte trocken, dass alles okay war, dass meine Nachricht ein Irrtum gewesen war, eine unbedeutende Stimmungsschwankung. Der Junge mit dem Wischmopp ging. Ich legte auf. Die klebrige Substanz war immer noch da, schien plötzlich mit dem Boden verschmolzen. Ein perfider Schatten auf den Fliesen, hellgrün. Unter dem Neonlicht strahlend wie das Buntglas einer weit entfernten Kirche.

Am 8. Dezember war Mariä Empfängnis, aber in China gibt es kein Weihnachten. Ich dachte an meine Weihnachten in Rom, an die über und über mit Plastikkugeln geschmückten künstlichen Christbäume *made in China*, an Ruben, der »Silent Night« sang, während ich ihn mit dem Kassettenrekorder aufnahm. Ich dachte an die straffen schwarzen Bänder in den durchsichtigen Kassetten. Daran, wie sie manchmal von ihrem Weg um die Räder abkamen und man sie mit dem Finger wieder zurück an ihren Platz bringen musste, mit vorsichtigen, präzisen Bewegungen, und an die Angst, die Musik, die aufgezeichnete Stimme verloren zu haben.

An diesem Tag nahm Xu mich in eine billige Absteige neben dem Insektenmarkt mit. Es war später Vormittag, ein feuchter und milder Tag. Bevor wir den richtigen Eingang fanden, eine breite, rostige Tür, kamen wir an verschiedenen Geschäften vorbei, in denen auf Heuschrecken gewettet wurde. »Geh da nicht rein«, sagte sie zu mir, während sie nach der Sprechanlage der Unterkunft suchte. Ich wagte einen verstohlenen Blick, sah die unzähligen Männer, die sich im Halbdunkel drängten. Xu nahm mich an der Hand und wir betraten das Hotel.

Das Zimmer roch nach Frittierfett, auf den Kopfkissen lagen gekräuselte Haare. Vom Fenster aus sah man die Lagerhallen und die Stände mit den lebhaften Grillen in Käfigen, den Mücken in flachen Plastikschachteln mit einer Art grünen Plastikmünze auf dem Deckel, die zur Belüftung diente. Während sie mir über das Gesicht, den Hals, die Brüste streichelte, erzählte sie mir von den Grillenkämpfen. Sie fanden in einem dicht eingewachsenen Park hinter dem Markt statt, nur ein paar Schritte von der Metro entfernt, aber er war oft geschlossen und man musste über den Zaun klettern. Sie erzählte mir von den Männern, die ich in dem Geschäft gesehen hatte. Etwas linkische, geifernde Männer mit breitem zahnlosen Lächeln, die mit den Insekten spielten wie mit Puppen. Der Laden verkaufte winzige geschnitzte Schränkchen, nur wenige Zentimeter groß, um die Grillen darin zu halten, und teure Porzellanschälchen, um sie zu füttern. Die nervösen Grillen, die giftgrünen Heuschrecken. Haustierchen, die anstelle eines weichen Schnäuzchens flinke Beine und eine solche Zartheit besitzen, dass ein Finger sie zerquetschen kann. Sie leisten dir nicht wirklich Gesellschaft, aber sie erinnern dich an deine Größe, an deine banale Macht, zu töten. Sie erinnern dich auch daran, dass du in der Lage bist, ein kleines und hässliches Ding zu lieben.

Nach dem Sex stiegen wir eine steile Treppe hoch zu einer Lagerhalle mit einem großen Flohmarkt. Lange schmutzige Tische voller Gegenstände, manche wertvoll, andere einfach nur alt. Zigarettenetuis aus Silber mit eingravierten Schwalben. Wunderschöne Marionetten aus dem frühen 20. Jahrhundert. Armbänder mit geschwärzten Drachenköpfen. Blechdosen mit Pilotinnen, denen die Jahrzehnte das Lächeln abgeschmirgelt hatten. Die Händler auf ihren Klappsesseln schliefen alle.

»Willst du die da? Sie sieht aus wie du«, sagte Xu und griff nach einer Puppe aus den 1950er Jahren, westliche Gesichtszüge, nur ein Arm, aliengrüne Augäpfel.

Wir verließen den Flohmarkt und betraten das Labyrinth der Tiere. Enge Gassen, gut geschützt vor der Sonne. Überall Katzen und Hunde zusammengepfercht in Käfigen, darauf wartend, ausgewählt zu werden, geliebt zu werden. Neonorange leuchtende Kaulquappen in Aluminiumwannen. Frischgeschlüpfte Schildkröten mit Hello-Kitty-Aufklebern auf den Panzern, die in einer Schüssel aneinanderstießen. »Willst du eine?«, fragte mich eine Frau mit zitronengelben Zähnen, ich drehte mich hilfesuchend nach Xu um, die nicht mehr da war, und mir stockte der Atem.

Am Tag darauf nahm sie mich mit nach Qibao, einen Vorort im Westen von Schanghai. Mir ist bewusst, dass ich immer *nahm sie mich mit* sage, als wäre ich eine Tasche oder ein kleines Kind, aber genauso fühlte es sich für mich an. Von der U-Bahn-Station aus liefen wir eine heruntergekommene gesichtslose Straße mit einem Secondhandladen nach dem anderen entlang. Die Ladenschilder waren zerschrammt und hatten ihre ursprüngliche Farbe verloren. Im Inneren der Läden offenbarte ein bleiches Licht glitzernde Tanktops und vulgär geblümte Pullover. Am Ende der Straße gelangte man in den alten Teil des Viertels. Ein kleiner Platz mit einem Tempel und von dort aus tausend Gassen, die sich labyrinthisch verzweigten. In den engen Gassen musste man schnell gehen, um nicht von der brutal vorwärtsdrängenden Menge umgerannt zu werden. Eine furchterregende Menge. Die Menschen verkeilten sich ineinander, während sie grünes Eis schleckten und ölglänzende frittierte Tintenfische aßen. Beim Blick in die Ferne sah man ein einziges dunkles Meer aus Köpfen, wogend im Rhythmus eines tosenden Stimmengewirrs. Rechts eine Flut von Marktständen. Zu Drachen geschnitzte Holzkugeln, Ketten aus falscher Jade, aufgespießte fetttriefende Skorpione. Schweineklauen auf Bratrosten, funkelnd wie Diamanten. Legionen von Enten, mit majestätischen Köpfen und leerem Blick von den Wänden baumelnd.

Auf einer Treppe sitzend, weit weg von diesem infernalischen Chaos, aßen wir frittierte Kakerlakenspieße. Sie hatte es so gewollt. Hinter uns bot eine Alte mit Kopftuch eine schwarze Brühe feil.

»Du weißt schon, dass wir Chinesen in Wirklichkeit keine Insekten essen, oder?«

»Nein, wusste ich nicht. Und warum verkauft ihr sie dann?«

»Um den Touristen einen Gefallen zu tun. Weil das das Bild ist, das sie von uns haben, und weil sie es bestätigt sehen wollen, wenn sie hierherkommen, um uns aus der Nähe zu betrachten.«

»Das klingt ein bisschen schräg.«

»Du glaubst mir nicht? Weißt du denn nicht, dass sie sagen, wir würden alles essen, was atmet?«

»Wer sagt das?«

»Alle. Die aus dem Westen.«

»Und stimmt das denn nicht?«

»Doch. Aber keine Insekten.«

»Und warum essen wir dann gerade welche?«

»Weil ich mit dir hier bin und du eine Touristin bist. Es ist das, was du willst. Du willst mich so sehen.«

»Du hast keinen Schimmer, was ich will. Und außerdem bin ich keine Touristin. Absolut nicht.«

»Und was bist du dann?«, fragte sie mit vollem Mund.

»Keine Ahnung. Eine Lehrerin. Eine, die hier lebt.«

»Und sonst?«

»Wie meinst du das?«

»Was bist du sonst noch?«

»Deine Freundin«, sagte ich und bereute es sofort.

»Das geht nicht dich selbst an. Ich hab dich gefragt, was *du* bist.«

»Ich bin eine Frau. Ein Säugetier. Eine Erdbewohnerin. Okay?«

»Ich hatte erwartet, du würdest Zwilling sagen. Du hast mir schon länger nichts mehr von deinem Bruder erzählt.«

Mir war unbehaglich zumute. Ich warf die Insekten in den Müll.

»Was ich bin, geht dich nichts an«, sagte ich.

Xu brach in Gelächter aus. Sie war so schön, wenn sie lachte, dass ich darüber jedes Mal vergaß, dass es meine Erbärmlichkeit war, die sie derart schallend lachen ließ.

An diesem Abend nahm sie mich mit ins Schlangenmuseum in Pudong, um zwei Meter lange ockergelbe Reptilien und tanzende Insektenschwärme zu bewundern. Nach dem großen Saal mit den Kakerlaken in Glaskästen und den grellbunten Pythons verengte sich das Museum zu schmalen höhlenartigen Gängen mit Sichtfenstern zu beiden Seiten, hinter denen inmitten von Kunststoffpflanzen, auf viel zu kleinem Raum, wie versteinert wirkende Alligatoren ausharrten. Aus ihrer reglosen Haltung sprach pure Verzweiflung.

»Schau dir dieses Reptil an, Xu. Es sieht aus wie ein Wesen aus einer anderen Welt.«

»Sicher. Die Tiere, die du hier siehst, sind ganz besondere Geschöpfe. Im täglichen Leben bekommen wir nur die gewöhnlichen zu Gesicht.«

»So was wie Krokodile?«

»Nein. So was wie die Schlange, die du dir vorstellst, wenn du an das Wort *Schlange* denkst.«

»Eine Ringelnatter.«

»Ja. Sie ist weder besonders schön noch besonders gefährlich. Um sich zu verteidigen, stellt sie sich einfach tot, oder sie reißt das Maul auf, als könnte sie Gift ausstoßen. Ihre Bösartigkeit ist also eine Lüge.«

»Ich meine mich schon zu erinnern, dass sie etwas ausstößt ...«

»Eine Art Schleim aus den Analdrüsen, der furchtbar stinkt, aber harmlos ist, es ist alles nur Show.«

»Woher weißt du so viel über Schlangen?«

»Das ist eine alte Geschichte ... Als kleines Mädchen bin ich oft von zu Hause abgehauen und in einen Tempel im Nachbardorf gegangen, den Jinshan-Tempel. Dort gab es zwei Schlangen in einem Glaskäfig ... Ich habe mich davorgesetzt und sie beobachtet. Stundenlang. Ich verlor jegliches Zeitgefühl. Sie haben mich fasziniert. Ineinander verschlungen lagen sie da, wie ein einziges Ding. Ich dachte: Das ist Liebe.«

»Und warum wurden diese Schlangen zur Schau gestellt?«

»Weil die Mönche in einer Augustnacht im Jahr 2002 einen weißen Python im Wasser unter dem Kaiserlichen Landesteg, gegenüber der Bailong-Höhle, schwimmen sahen. Er war einen Meter siebenundsiebzig lang und hatte rote Augen, eine seltene Python-Art, sanftmütig und ungefährlich. Kurz darauf haben sie eine zweite Schlange gesehen. Grün, einen Meter zweiundvierzig lang, die der ersten in einiger Entfernung folgte. Sie begriffen, dass es sich um Bai Suzhen handelte, jene weiße Schlange, die sich in einen Sterblichen namens Xu Xian verliebt und daraufhin in eine Frau verwandelte hatte, um ihn zu heiraten. Doch eines Tages enthüllte ein Mönch ihr Geheimnis, indem er verriet, dass sie kein Mensch war.«

»Ich hab zwar nicht alles verstanden, aber sag mal, warum kannst du dich so genau an die Länge erinnern, an diese ganzen Details?«

»Weil sich in dem Schaukasten auch ein Zeitungsartikel befand, der davon berichtete. Während ich die Schlangen beobachtete, las ich ihn wieder und wieder. Ich habe ihn verinnerlicht wie ihr eure Gebete.«

»Eine schöne Geschichte.«

»Ja, nicht wahr? Denk nur, die Reinkarnation zweier Liebender, denen es in menschlicher Gestalt nicht vergönnt war, sich richtig zu lieben. Aber jetzt hatten sie eine Chance. Meine Tante kam immer stinksauer angerannt, um mich nach Hause zu holen. Und mein Vater ...«

Sie sah mich starr an, mit plötzlich leerem Blick.

»Mein Vater schlug mich dann grün und blau. Mit dem Gürtel. Ich musste schwören, dass ich nie mehr abhauen würde.«

Mit einer schüttelnden Armbewegung ließ sie den Jadearmreif kreisen.

»Deshalb ist der hier auch angeschlagen. Als ich dreizehn war, hat mich mein Vater einmal gegen die Wand geschleudert, und der Armreif ist gegen die Kante eines Schranks geknallt. Meine Mutter hatte ihn mir zum Geburtstag geschenkt.«

»Xu, ich weiß nicht, was ich sagen soll …«

»Du musst nichts sagen. Ich erzähl dir nur, wie es war. Ich brauche kein Mitleid von dir, ich brauche von niemandem Mitleid.«

Wir kamen in den letzten Raum. Gegenüber einem trostlosen Souvenirgeschäft standen zwei Lamas reglos in einem Gehege und sahen uns mit resigniertem Blick an. Ich versuchte eines zu streicheln, es hatte feuchte, freundliche Augen. Ich wollte Xu nach ihrem Vater fragen, aber gleichzeitig wollte ich es auch nicht. Ich fühlte mich wie erschlagen. Sie wartete ungeduldig auf mich und tippte unterdessen auf ihrem Handy herum. Ich kaufte bescheuerte quietschbunte Schlüsselanhänger, drehte sie während der endlos langen Taxifahrt ins Poxx die ganze Zeit zwischen den Fingern.

Seit wir öfter ins Poxx gingen, vögelten wir seltener. In gewisser Weise begann das Poxx, seine primitiven Lichter und die hämmernde Musik, unsere Intimität zu verdrängen. Xu grüßte jemanden von Weitem. Ich konnte kein Gesicht erkennen, nur ein Gewirr aus verschwommenen Linien. Ich lehnte mich an den Tresen, bestellte den üblichen Sake, kippte ihn hinunter. Sah mich mit leerem Kopf um. Nach und nach begannen die Vintageschilder an den Wänden, nachgemachte amerikanische Straßenschilder und Reklametafeln englischer Teemarken, aggressiv auf mich zu wirken. Ihr fehlender Zusammenhang war aggressiv. Ihre fehlende Erzählung. ROUTE 66, TWININGS TEA AND COFFEE MERCHANTS, LIVE LAUGH LOVE, WORK HARD AND BE NICE, THIS IS OUR HAPPY PLACE. Ich ging nach draußen, um kurz durchzuatmen, während Xu mit irgendwelchen Leuten quatschte. Etwas weiter hinten auf der bläulichen Straße saß eine Frau auf einem roten Tuch und forderte mich mit einem Winken auf, zu ihr zu kommen. Ich gehorchte. Sie war ausgemergelt, hatte spärliches mausgraues Haar. In ihrem trüben Blick war eine Mauer, etwas, das sie vom Leben trennte. Sie sah mich an und sagte auf Englisch: »Lass mich dein Gesicht genau ansehen.« Ich wurde rot, beugte mich zu ihr hinab. Sie stank nach Alkohol und Urin. »Du hast eine kleine Falte über der Nase«, fuhr sie fort. »Du bist damit auf die Welt gekommen und kannst nichts dagegen tun, aber sie versperrt dir den Weg zum Glück.« Ich wollte lachen, brach jedoch in Tränen aus. Sie verlangte zwanzig Yuan von mir.

An diesem Abend übernachtete Xu bei mir. Es war das erste Mal und sie mochte mein Zimmer nicht. Es wirke erdrückend, meinte sie. Zwischen Bett und Kochnische herumtigernd, begutachtete sie nervös und unschlüssig meine Hefte und Stifte, meine Lederhandtaschen, die verrußten Kochtöpfe, die silbernen Halsketten. Wir bestellten frittierte Frösche beim Lieferservice, schliefen vor dem laufenden Fernseher und zwischen ringsum auf dem Boden verteilten To-go-Schachteln ein. Mitten in der Nacht schreckte sie plötzlich schreiend hoch. Ich schaltete die Nachttischlampe ein und sah, wie sie zitterte, die Stirn nass vor Schweiß.

»Es ist alles gut, Xu. Was hast du geträumt?«

»Nichts. Nicht der Rede wert.«

»Was heißt, nicht der Rede wert?«

»Hast du was zu trinken da? Wodka?«

»Nein. Zu Hause trinke ich nie.«

»Scheiße. Dann geh ich wohin.«

»Nein. Warte. Komm her.«

Ich versuchte sie in den Arm zu nehmen, doch sie sträubte sich. Sie zitterte noch immer. Mit einer brüsken Bewegung griff sie nach ihrem Handy und stieß dabei das gerahmte Foto von Ruben und mir zu Boden.

Hektisch hob ich es auf, mit rasendem Puls.

Es war nicht zerbrochen.

Nur der gewohnte einsame Sprung, wie ein ausgefallenes Haar. Stehend, mich und meinen Bruder im Arm, sah ich Xu an, die sich mit konzentrierten Atemzügen zu beruhigen versuchte.

»Sagst du mir, was du geträumt hast?«

»Hör auf mit dieser Fragerei. Es ist unwichtig. Es ist normal, dass man Albträume hat, wenn man in Schanghai lebt. Diese Stadt dringt in deinen Kopf ein.«

15 WIRBEL

Als ich aufwachte, war der Himmel tiefblau und Xu war verschwunden. Sie hatte das Laken und die Bettdecke perfekt glatt gestrichen. Auch das Kissen war ohne Mulde, als hätte es nicht stundenlang das Gewicht ihres Kopfes getragen. Ich drückte die Nase in den Stoff, um den letzten Hauch ihres Parfüms zu erhaschen: ein würziger, rätselhafter Duft.

Ich zog mich aus. Versuchte, mich nicht im Spiegel anzusehen. Unter der Dusche masturbierte ich nervös, um eine brennende Sorge zu ersticken.

Ich ging zur Arbeit. Die wenigen Meter bis zur Schule erschienen mir endlos. Ich war müde, mir taten die Beine weh, der pillendosenblaue Himmel schmerzte in den Augen. Und überall waren Baustellen: übermüdete, schweratmende Männer, damit beschäftigt, etwas zu reparieren, etwas einzureißen. Auf Leitern, Kränen, Metallgerüsten herumkletternd, im Gegenlicht, die blassen, verschwitzten Gesichter auf irgendwelche kaum erkennbaren Details gerichtet. Ich kam an einem aufgerissenen Gehweg vorbei. Die Menschen eilten voran, mit geschäftiger Miene, zügigen Schrittes, tauchten aus der Metro auf und verschwanden darin wie Ameisen in ihrem Bau. Sahen sie denn nicht, was gerade geschah? Bemerkten sie denn nicht diesen übertriebenen Eifer und Zerstörungswahn? Erschreckte es sie nicht, dass sich die Erde und der Beton so leicht zertrümmern ließen? Und dass man beides mit derselben Selbstverständlichkeit und Geschwindigkeit wiederherstellen konnte, als hätte es niemals nachgegeben? Mir drehte sich der Kopf. Ich überquerte die Straße und ging in Richtung Jing'an-Park. Der Platz rechts vom Park, eben der vom Cover meines Schanghai-Reiseführers, war verschwunden: an seiner statt befand sich dort nun eine riesige Grube voller Arbeiter und Trümmer. Ich blieb vor dem Bauzaun stehen, um das Loch und die Steine und das staubige Wüten der Kräne zu beobachten. Den Reiseführer hatte ich nur ein einziges Mal aufgeschlagen, im Flugzeug, irgendwann in der Nacht, meiner italienischen Nacht, die draußen vor den kleinen Fenstern bereits chinesisch war und voller Sonne und aufgerissener Wolken. Über den Platz stand dort: *Der perfekte Ort, um einen Moment innezuhalten und sich auszuruhen.*

Während des Unterrichts schaute ich ständig auf mein Handy in der Hoffnung, Xu würde mir schreiben, zwang mich jedoch, ihr nicht zu schreiben. Ich musste ihr ihren Freiraum lassen. So macht man das in Beziehungen. Man respektiert das Schweigen des oder der anderen, indem man ihm oder ihr ebenfalls ein Schweigen schenkt, dabei aber darauf achtet, dass dieses Schweigen nicht ausufert und alles verschlingt. Man muss es vorsichtig dosieren, dieses Schweigen. Wie Wasserstoffperoxid auf einer Wunde. Es wirkt harmlos, desinfiziert, bildet auf dem geronnenen Blut einen weißen Schaum wie Schnee, aber es raubt allem die Farbe, was zu lange damit getränkt wird.

Während ich den Schülerinnen den Unterschied zwischen »mein Haus« und »mein Zuhause« erklärte, musste ich an Xus Albtraum denken und kam nicht mehr davon los. Mechanisch dozierte ich über Grammatik, während ich auf den orangefarbenen Wänden Xu vor mir sah, schweißglänzend und zitternd wie eine Schiffbrüchige, die eben erst aus dem Meer einer heftigen Erschütterung aufgetaucht war. Ich hasste es, dass sie mir nichts hatte erzählen wollen. Ich hasste es, dass sie nur den Schorf ihrer Seele mit mir teilte, dass sie den gefährlichen Teil ihres Inneren für sich behielt. Alles, was sie mir über sich erzählt hatte, hatte sie kühl und anekdotenhaft erzählt, als würde sie mir einen Film schildern. Sie gab nur das preis, was im Lauf der Zeit harmlos geworden war. Doch ich hungerte nach dem, worin sie noch immer zu ertrinken drohte. Ich schrieb ihr eine Nachricht: *Es tut mir leid, dass wir gestritten haben. Du bist mir wichtig und ich will nur, dass es uns gut geht.* Sie antwortete nicht.

Am Abend hing ich am Fenster und sah auf die Wolkenkratzer. Das beruhigte mich. Ich versuchte mich an die Reihenfolge zu erinnern, in der die Lichter ausgingen. Ich beobachtete die Silhouetten der Frauen, die nach dem Aerobic in abschließbaren Umkleidekabinen verschwanden, dann entdeckte ich sie im Erdgeschoss wieder und folgte ihnen mit dem Blick auf ihrem Weg in Richtung Metro. Ich hatte aus dem Supermarkt ein Fertiggericht mitgenommen, kalte *Ramen* mit Huhn, das unberührt in der Plastikverpackung auf dem Tisch stand. Mein Magen war wie verknotet. Ich trank ein paar Schlucke billigen Wein und schaute, mit Kopfhörern im Sessel sitzend, die ganze Nacht durch die letzten Folgen von *Das Fast-flachgelegt-*

Komitee. Es war eine völlig bescheuerte japanische Serie. Eine Jury hörte sich die Story einer Person an, die von einem knapp verpassten erotischen Abenteuer in der Vergangenheit erzählte. Die jemanden nicht angesprochen, mit jemandem nicht gevögelt hatte, solche Dinge. Dann entschied die Jury, ob sich unter den gegebenen Umständen auch etwas Schönes hätte ergeben können. Die Teilnehmer schöpften Trost aus einem Ja, aus dem Wissen, dass ihnen vielleicht das Glück gelacht hätte, wenn sie ihr Leben nur aufmerksamer, schlauer, mutiger gelebt hätten.

Xu reagierte tagelang nicht auf meine Anrufe. Im Unterricht versuchte ich, an meine Schülerinnen zu denken. Wie wichtig es war, ihnen zu helfen sich in einer anderen Sprache auszudrücken. Jede Sprache bringt neue Gefühle mit sich. Was hatte mir Chinesisch mitgebracht? Liebe, Hass, Frustration, Einsamkeit. War meine Einsamkeit auf Chinesisch kleiner oder größer als auf Italienisch? Und die Liebe, was für eine Liebe war das? Und dann war da noch etwas anderes. Ein namenloses Gefühl: ein Gefühl des Kleinwerdens, als wäre ich wieder drei Jahre alt und müsste unbedingt in den Arm genommen werden. Es war nicht direkt Liebe, dafür war es zu unpersönlich. Die Umarmung der Jungtiere im Zoo, die sich an eine Mutter aus Plüsch klammern, ist keine Liebe. Es war auch keine Einsamkeit, denn Gesellschaft vermochte es nicht auszulöschen, sondern verstärkte es sogar noch. Es war ein dunkler Hunger, so voller Angst und Hoffnung, dass er fast schon religiös schien. Absolut wie der erste Schrei, nachdem einem, ausgestoßen aus der Gebärmutter, das Erdendasein aufgezwungen wurde.

In der Pause ging ich in die Schulcafeteria. An der Theke wollte ich bei einer Kellnerin mit riesigen Augen und kobaltblauen Kontaktlinsen einen Kaffee bestellen, doch sie deutete auf mein Handy. Ich ging auf die Website und bestellte einen Ristretto, der laut Bildschirmanzeige um elf Uhr einundvierzig fertig sein sollte. Während ich wartete, unterhielt ich mich auf Chinesisch mit einer Kollegin, die ich kaum kannte. Sie stand rechts neben mir. Anfangs lief es ganz gut. Das Gespräch war oberflächlich und ich konnte es am Laufen halten. Dann wurde es kompliziert. Ich konnte nicht mehr folgen. Der Sinn verflüchtigte sich. Der Kaffee kam. Mir zitterte leicht die Hand mit dem kleinen Plastikbecher. Sie fragte mich, vielleicht, ob ich schon Freunde gefunden hätte. Ich wusste nicht, was ich antworten sollte. Ich wusste nicht einmal, ob ich sie richtig verstanden hatte. Ihre Worte verstanden hatte, und mein Leben. War Xu eine Freundin? Eine Feindin?

Mit einem Nicken verabschiedete ich mich und ging. Ich lief durch die überfüllten Gänge, den Blick nach unten gerichtet, versunken in meiner Verwirrung. Meine Verwirrung hatte keine Worte, in keiner Sprache. Und die chinesische Sprache ist wirbellos wie ein Weichtier. Ihr fehlen die Knochen der Konjugationen. Der grammatikalische Unterschied zwischen etwas machen und etwas schon gemacht haben, zwischen Vergangenheit, Gegenwart und Zukunft steckt nicht in den Verben. Er besteht aus einer Prothese, einer Partikel, die nach Lust und Laune angehängt wird. Die Zeit ist ein Detail, das nur preisgegeben wird, wenn es unbedingt sein muss. Es gibt keinerlei syntaktische Notwendigkeit. Mit anderen Worten, auf Chinesisch gibt es keinen Unterschied zwischen »Ruben ist mein Bruder« und

»Ruben war mein Bruder«. Zwischen »Xu liebt mich« und »Xu hat mich geliebt«, für einen Moment nur, irgendwann, in ihrem Zimmer oder auf der Straße, auf einem Fußboden, auf einem harten Bett in einem Wolkenkratzer.

16 LIPPEN

Am Donnerstag darauf tauchte sie wieder auf: Sie schrieb mir, ich solle ins Poxx kommen. Das Poxx erinnerte mich inzwischen an eine Gruft. Allein der Gedanke, diese endlosen Stufen aus grauem Stein hinabsteigen zu müssen, im Schein der fuchsiaroten Neonschrift eines billigen Vorstadtmotels, dazu meine immer düsterer werdende Stimmung.

Eines Morgens hatte ich das Lokal beim Blick aus dem Fenster einer Buchhandlung in einem nahegelegenen Hochhaus von oben gesehen: Die Treppe hatte mich, aus dieser Perspektive betrachtet, an das rissige Innere eines Knochens denken lassen. Und außerdem schrien dort viel zu viele Stimmen durcheinander und die Tische waren überfüllt. Berührte man sie, hatte man noch Stunden später eine klebrige Substanz an den Fingerspitzen.

Als ich ankam, erzählte Kelly alias Biyu alias Angélie Xu gerade von einem deutschen Musiker, mit dem sie regelmäßig schlief und der sie nicht gut behandelte. Es war zweiundzwanzig Uhr. Dann dreiundzwanzig Uhr. An den anderen Tischen johlten Gruppen von Westlern und rammten ihre Gabeln wie Waffen einer herrischen Zivilisation ins Essen. Ich hatte inzwischen genügend Leute dieser Art kennengelernt. Dumme Europäer mit einer blinden, raubtierhaften Liebe für China, die gern Chinesinnen gevögelt oder chinesische Kinder adoptiert hätten, gern morgens mit dem Anblick chinesischer Augen und chinesischer Haut aufgewacht wären. Sie besuchten nur westlich inspirierte Lokale, voller Pflanzen und sanfter Musik und Buddhastatuen aus Plastik. Sie besuchten das Poxx, das Niemandsland war, neutral und heuchlerisch wie ein Filmset. Ich verabscheute sie noch mehr als Xus Freundinnen. Kelly alias … redete und redete, weinerlich, gegen die Wand voller Vintageschilder, gegen die Stille, und wurde nervös, ernst, elektrostatisch vor Wut. Die unerwiderte Liebe besitzt eine erstaunliche energetische Ladung.

Ab und zu streichelte Xu ihr über die Wange und gab Plattitüden wie »Er hat dich nicht verdient« von sich, aber sie sagte auch intelligente, mütterliche Dinge. Dinge, die Kellys ebenmäßiges blasses Gesicht zum Leuchten brachten, wie: »Ich würde dir niemals sagen, du sollst mit ihm Schluss machen. Wenn du mit ihm zusammenbleibst, dann nur, weil dein Unterbewusstsein das braucht, um irgendein schreckliches Muster aus der Kindheit zu wiederholen. Aber weißt du, ich mag dich und würde es dir am liebsten verbieten, wie einer Schwester verbieten, ihn zu sehen.« Mir gegenüber war sie niemals so direkt, so großmütig gewesen. Mir gegenüber war sie undurchsichtig und egoistisch. Kelly ging es mittlerweile eindeutig besser, sie lächelte, wischte sich die Tränen ab, warf das kükengelbe Haar über die Schulter, in einer Geste der Befreiung und Entspannung. Ich konnte mich nicht erinnern, wann ich mich das letzte Mal besser gefühlt hatte, nachdem ich mit jemandem gesprochen hatte, nachdem jemand mit mir gesprochen hatte. Vielleicht sagte mir schon lange niemand mehr liebevolle Dinge. Vielleicht machte ich selbst es auch nicht mehr. Ich berührte meinen Mund, als wäre er eine Reliquie.

Wir verabschiedeten uns, ich ging in die eine Richtung davon, Xu und Kelly in die andere. Ich hätte nicht sagen können, ob Kelly schön war oder nicht, weil ich manisch jeden Teil ihres Gesichts isolierte. Kleine Augen, kleine Nase, voller, breiter Mund. Ich isolierte jeden Teil und wusste nicht, wie ich sie wieder zusammensetzen sollte. Was ich jedoch wusste, war, dass sie an diesem Abend einen pinkfarbenen Herpes seitlich an der Lippe hatte. Was nichts mit Xu zu tun hatte, es betraf nur ihr Immunsystem und hätte mich eigentlich kaltlassen müssen. Stattdessen sah ich die beiden, während ich an den Beinen frierend und mit einem kaputten Schirm in der Hand zum Hotel ging, vor meinem geistigen Auge in der Metro darüber sprechen, eingezwängt in einem Meer aus Köpfen, sah sie über Fieber und Vitaminmangel sprechen, während sie nach Hause zurückkehrten, als gehörte dieses Schwatzen über ausgehungerte Organismen dazu, wenn man nach Hause zurückkehrte, an einen geschlossenen und sicheren Ort. Xu war der geröteten Schwellung so nah, dass irgendwann eine erschreckende Intimität zwischen ihren Lippen und den kranken der anderen entstand. Xu sagte ihr Dinge wie: *Pass besser auf dich auf.* Oder: *Ich kenne eine Creme, die wirkt Wunder*. Solche Dinge. Unbedeutende Dinge. Aber sobald ich einmal damit angefangen hatte, sie mir vorzustellen, konnte ich nicht mehr damit aufhören. Die viel zu schnell im Zug hin und her schaukelnden Körper, dann die Haltestelle, die Verabschiedung, die beiden Gesichter, für einen Moment ganz dicht beieinander und dazwischen das rötliche Mal der Infektion. In diesem Strudel aus obsessiven Gedanken erschien mir selbst das Virus, das auf Kellys Mund Wurzeln geschlagen hatte, als ein Zeichen der Liebe: der Organismus, der sich der Pfropfung ergab, matt und wehrlos, die Pustel, die auf der Lippe knospte wie eine Blüte.

In der Nacht konnte ich nicht schlafen. Ich stand auf. Es war vier Uhr. In Rubens Schlafanzug und Sweatshirt rannte ich bis zur Metro. Vor der Baustelle auf dem Platz holte ich keuchend Luft, spürte die Kälte durch die Kehle strömen und das panische Glühen des Körpers. Auf einer Hinweistafel stand ein chinesischer Satz, den ich in meiner Verwirrung nicht begriff. Darunter eine englische Übersetzung, vollkommen daneben: RUTSCHEN UND FALLEN MIT VORSICHT.

Ich erreichte das Haus, in dem Xu wohnte. Vom Gehweg aus betrachtete ich die erleuchteten Fenster. Küchen voller Essen, ohne Menschen, leere Wohnzimmer mit riesigen eingeschalteten Fernsehern, die blaue Blitze aussendeten. Ihr Fenster war zu weit oben, unergründlich. Zitternd vor Kälte in dem dünnen Sweatshirt, starrte ich auf das brennende Licht, dem Mond so nah. Ich fragte mich, was Ruben wohl denken würde, wenn er mich in diesem Moment sähe, in seinem verwaschenen Sweatshirt und der Verzweiflung, die mir bestimmt ins Gesicht geschrieben stand. Eine Frage, die ich mir oft stellte. Aber nicht mehr so oft. Je länger sein Tod zurücklag, desto weniger schlich sich sein Leben in meine Gedanken. Das tröstete mich und führte zugleich dazu, dass ich mich einsam fühlte.

Nach ungefähr zehn Minuten meinte ich im Gegenlicht eine Silhouette zu sehen. Sie tauchte blitzartig auf und verschwand wieder. Unmöglich zu erkennen, ob es nur Xu war oder eine Masse, die aus Xu und Kelly bestand. Ich wartete auf ein Zeichen. Ein Gesicht am Fenster, das gelbe Aufblitzen von Kellys langer Mähne: wie das gallige Alarmgelb eines Polizeiabsperrbands am Tatort. Vielleicht hieß Kelly in Wirklichkeit gar nicht Biyu. Vielleicht gab es einen noch viel intimeren Namen als den amtlichen, einen Namen nur für die Mädchen, die sie vögelte. Vielleicht flüsterte Xu ihn, unter der Bettdecke, während sie den Kopf auf ihren Genitalien ruhen ließ. Ich dachte daran, dass die ägyptischen Götter einen Namen hatten, den sie niemandem enthüllten, weil er dem, der ihn kannte, zu große Macht verlieh, über das Leben und den Tod: Als Re von einer giftigen Schlange gebissen wurde, die Isis zuvor aus seinem Speichel erschaffen hatte, konnte er sich nur dadurch retten, dass er ihr seinen geheimen Namen offenbarte.

Ich nahm allen Mut zusammen. Drückte die Klingel der Sprechanlage. Sie antwortete sofort. »Ich bin's«, stieß ich angsterfüllt, zischend hervor. Ich rannte nach oben. Sie war allein. Saß am Tisch und lernte und aß getrocknete Mangos. Die Erleichterung explodierte in meinem Kopf wie ein Exorzismus. Sie kam mir entgegen und wir küssten uns an die Wand gelehnt. Ich hielt ihr Gesicht in meinen kalten, zitternden Händen. Spürte meine Leidenschaft mit ihrer Ruhe kollidieren.

»Beiß mir in die Lippe, Xu. So fest wie du kannst.«

»Darauf hab ich gerade keine Lust.«

Sie war müde, in Gedanken woanders. Das Alien-Ei, dort

draußen vor dem Fenster, hatte plötzlich begonnen, in tausend Farben zu leuchten.

»Ich bin dir völlig egal.«

»Warum sagst du das?«

»Du magst sogar deine Freundinnen lieber.«

»Die kenne ich auch schon länger.«

Mir blieb das Herz stehen.

»Aber … Du und ich …«

»Was genau willst du mir sagen? Drück dich klarer aus.«

»Du bist nicht in mich verliebt.«

Sie sah mich perplex und amüsiert an. Sie sah mich immer perplex und amüsiert an. Wenn ich redete, wenn ich schwieg, wenn ich ihr die Zunge in den Hals steckte. Ich war ihr Zoo: ihre exotische Tiersammlung zum Beobachten.

»Antworte mir, Xu.«

»Das war keine Frage. Das war eine Aussage.«

»Und darauf hast du nichts zu sagen?«

»Jetzt komm erst mal runter.«

»Ich hasse dich«, sagte ich und bereute es sogleich.

Mir war durchaus bewusst, dass sich die Worte ab einer bestimmten Schmerzschwelle zurückentwickeln, sie büßen ihren kommunikativen Wert ein, dienen nur noch dazu, die Spannung abzubauen wie das Wimmern Neugeborener.

»Nein … Das ist nicht wahr, ich hasse dich nicht … Es ist nur …«

Xu seufzte gelangweilt und das Zimmer geriet ins Wanken, wie die Realität kurz vor einem Nervenzusammenbruch.

Eigentlich war ich nicht so. Ich war ein rationaler Mensch. Schon immer gewesen. Ich ging einer Arbeit nach, die eine starke Kontrolle der Gedanken erforderte. Aber dieses Gefühl für Xu brachte mich an einen wilden und unwirtlichen Ort meines Verstandes, wo die Logik kaum noch Wurzeln schlug, und wenn es ihr doch gelang, keimte jeder Gedanke krumm, feucht und faulig hervor.

»Du hasst mich, du liebst mich, du bist eine Katastrophe. Was mach ich nur mit einer wie dir?«, sagte sie, ihr Haar richtend. Ich begann zu weinen. Ich hatte seit sieben Monaten nicht mehr geweint. Seit dem Tag der Beerdigung. Die Liebe hat viel von einer Beerdigung. Dieselbe Kapitulation, dieselbe Ritualität. Ich hörte nicht auf zu weinen und sie hörte nicht auf mich zu beobachten, ausdruckslos wie ein Gemälde von Jean-Paul Laurens. Ihre Ausdruckslosigkeit verstärke mein Weinen noch, das laut und aggressiv wurde wie das von Kindern. Ich bedeckte die Augen mit den Händen. Hinter den Händen sah ich sie immer noch vor mir, reglos und neugierig: eine Anthropologin meiner Trauer.

»Beiß mich wenigstens«, sagte ich. Ich schämte mich dafür, dass ich so jämmerlich und bedürftig geworden war, aber ich glaubte, dies sei die einzige Art, sich wirklich an jemanden zu binden. Sie biss mir fest in die Lippe. Ich spürte, wie sich die Zähne in das taube Fleisch bohrten und dann locker ließen. Sie biss mich abermals, stärker diesmal. Ich lief ins Bad, um mich im Spiegel anzusehen. Die Lippe war angeschwollen und verzerrte das Gesicht zu einer sonderbaren Grimasse. Einer Grimasse, für die es kein Gefühl gibt. Ich verbrachte die Nacht bei ihr, ich wollte nicht gehen, um nichts in der Welt.

17 ZUNGEN

Am nächsten Morgen tranken wir an dem mit Zeitschriften und Lippenstiften übersäten Tisch grünen Tee. Die Chinesen gießen den Tee nicht ab: Am Boden unserer Gläser befand sich ein Morast aus Algen, die im heißen Wasser krankhaft aufquollen. Dann legte ich mich aufs Sofa, um Candy Crush zu spielen. Zwei Stunden lang schob ich mit den Daumen gleichfarbige Bonbons zusammen. Xu machte ihr Ding, lernte ein wenig, chattete dazwischen mit wem auch immer. Schaltete den Fernseher ein, der warnte: »ACHTUNG FEINSTAUB PM2,5.« Ich freute mich, wenn ich einen ganzen chinesischen Satz verstand: Es war das Geheimnis meiner Distanz zu Xu, die sich nach und nach abschürfte und mich ihr näherbrachte. Ein Geheimnis aus einsilbigen Wörtern, retroflexen Konsonanten, dem Wind auf der Autobahn ähnelnden Hauchlauten. Doch in diesem Moment ließ mich der im Fernsehen erbeutete Satz kalt. Xu drehte sich zu mir um und fragte mich, ob Schweinezungen zum Mittagessen okay seien. Und dazu grüne Bohnen mit Krabbencreme. Ich dachte, dass jedes Essen, das Ruben gekocht hatte, liebevolles Essen gewesen war: warm, weich auf der Zunge. Ohne Tiere, nur kleine Blätter, himmlische Cremes. Die einzige Ausnahme war die Lachstarte gewesen: Er bereitete sie zu, weil unsere Eltern verrückt danach waren. Xu fragte mich nochmals nach den Schweinezungen. Ich sagte: »Ich weiß nicht.« Ich sagte: »Alles okay.« Darüber nachdenken zu müssen, was ich wollte, überforderte mich.

Ich war wütend. Ich war wütend und wollte es noch mehr sein. Auf noch gründlichere Weise. Ich hasste es, dass meine Liebe zu Xu meine Wut ihr gegenüber dämpfte. Ich suchte auf dem Handy danach, wie man *vögeln* auf Chinesisch sagt. Nein. Etwas Spezielleres. *Vagina*. Ich wollte sie fragen, ob sie Kellys Vagina gesehen hatte. Ich stellte sie mir wie eine faulende Frucht vor, weich und schlaff, wie die Früchte in der freien Natur, die, zu Boden gefallen, plötzlich zu Schlamm werden. Ich stellte mir Xus Finger vor, die das dunkle Fleisch in einer Mischung aus Begehren und Abscheu erforschten. Ich fand *Vagina* im Wörterbuch: Es hieß *yindao*. Wörtlich *dunkler Weg*. Oder auch: nebliger, verborgener, schattiger Weg. Jedes Synonym war noch eleganter als das vorherige, jedes Synonym entfernte sich noch mehr von einer echten Vagina, indem es ihre Anatomie in eine abstrakte, fast religiöse Frage verwandelte. Der WEG ist eine mönchische oder eine selbstzerstörerische Reise. Etwas für Drogenabhängige oder Asketen. Etwas, dem man voller Opferbereitschaft folgt. Ich wäre Xu gern bis zum dunklen fauligen Kern ihres Seins gefolgt. Und damit meine ich nicht nur ihre Möse. Ich meine vielmehr einen dunklen Weg, den man durch ihre Möse betritt: eine demütige Pilgerreise hin zu ihrem Kopf. Leicht mystisch, anmaßend, selbstaufopfernd. Diese Dinge zu denken, weckte eine Mischung aus Erregung und Gehässigkeit in mir. Vielleicht ist das Begehren genau das. Egal. Mit pochendem Herzen warf ich das Handy aufs Sofa und ging zu Xu. Ich nahm ihr das rosa Telefon aus der Hand. Draußen war alles teigig grau vor Smog, aber die Sonne schien, eine schwache Sonne, die sich durch den zähen Brei kämpfte und schmale Risse aus Licht erschuf. *Dunkler Weg*. Die chinesische Sprache ist derart metaphorisch, dass die einzige Möglichkeit, direkt zu sein, das Schweigen ist. Die Wunde. Der körperliche Eingriff in Form einer unmissverständlichen Geste. Ich zog mir die geblümte Bluse aus und nahm ihren Kopf. Ich drückte ihn gegen meine Brüste. Es war nicht nötig, etwas zu sagen. Sie, gefügig und grausam, biss fest zu.

»Hast du Kelly gevögelt?«

»Wann?«

Sie drehte sich zu mir um. Wir lagen nackt auf dem Sofa, wir hatten uns geliebt, bis uns schwarz vor Augen wurde.

»Wie ›wann‹? Gestern. Oder wann anders. Sag du's mir. Vögelst du Kelly?«

»Du bist anstrengend. Du erdrückst mich.« Sie stand auf und ging zum Spiegel, um sich zu kämmen.

»Bitte«, sagte ich hinter ihrem Rücken, mit der Stimme eines Insekts. Dem Wimmern einer Kakerlake auf einem riesigen Fußboden. Ich schlug die Hände vors Gesicht.

Sieben Monate zuvor hatte ich den Glauben an die Worte verloren. Als Ruben gestorben war und ich ihm nichts Bedeutsames gesagt hatte. Als er gestorben war und mir nichts Bedeutsames gesagt hatte. Und doch hatte ich mich nur verlieben müssen, um diesen jämmerlichen, inständigen Glauben an die Sprache wiederzufinden. Wie jeder Glaube ließ sich dieser Glaube an Worte weder bestätigen noch verneinen. Wie jeder Glaube konnte er mich zu einer Märtyrerin machen.

»Nur Kelly oder gibt es noch andere? Vögelst du auch deine Exfreundinnen noch, die auf den Fotos?«

»Warum willst du das wissen?«

»Weil es die Wahrheit ist, Xu.«

»Es ist zum Totlachen, wie du meinen Namen aussprichst.«

»Versuch nicht das Thema zu wechseln. Sag mir die Wahrheit.«

»Die Wahrheit ist langweilig.«

»Nein, die Wahrheit ist wichtig.«

»Und warum, wenn ich fragen darf?«

»Darum. Weil ich sie brauche.«

»Du bist kein kleines Kind und ich bin nicht deine Mutter, es ist nicht meine Aufgabe, deine Bedürfnisse zu befriedigen.«

Mir wurde übel und ich schloss mich im Badezimmer ein. Während ich mich würgend zu übergeben versuchte, hörte ich die Geräusche des Zappens, den Wechsel der Kanäle und das Anschwellen der Lautstärke, das Fiepen von Zeichentrickfilmen und Werbespots, geheuchelte Emotionen von ein paar Sekunden, vorgetäuschte Wünsche, dann die schrillen Stimmen zweier Frauen in einer Soap, zehn Minuten lang, vermischt mit röhrenden Autos im Wind, frostigen Klavierklängen, dröhnendem Lachen. Sie rief mich, als die Schweinezungen kamen.

18 FETT

Die Liebe lagert sich überall im Körper ab, wie das Fett. Die einen nehmen eher am Hintern zu, die anderen an der Taille. Manche nehmen im Gesicht derart zu, dass sich ihre Züge verformen und sie sich selbst nicht mehr im Spiegel erkennen. Mit der Liebe verhält es sich ebenso. Sie setzt sich in den Körperteilen fest, die das Gewicht und die Verwandlung am ehesten verkraften. Manchmal spürt man sie in den Schläfen oder in den kribbelnden Fingerspitzen – eine Unruhe gleich einem wimmelnden Schwarm von Insekten im Dunkeln – oder in den verschwitzten Kniekehlen. Die Augen röten sich und jucken. Der Magen brennt. Die Nerven im Ellbogen ziehen wie ausgeleierte Saiten einer alten Geige. Die Liebe brutzelt und brennt in den Wangen oder unterhalb der Ohren, die die kränkliche Farbe von getrockneten Rosen in Notizbüchern annehmen. Die Eierstöcke pochen, die Brustwarzen verformen sich zu Kuhzitzen. Wenn die Liebe in der Brust hämmert, hat sie sich bereits überall festgesetzt: Man muss sie über die Genitalien abfließen lassen und falls sie nicht gänzlich abfließt, muss man eben dort, wo sie eingedrungen ist, einen Schnitt vornehmen und zu bluten beginnen.

19 WANGE

Tags darauf verschwand sie. Wieder einmal. Sie reagierte nicht mehr auf meine Anrufe und Nachrichten. Ich wusste, dass sie mich für meine kleine Rebellion bestrafte, und war wütend auf mich selbst. Wütend, weil ich sie etwas gefragt hatte, weil ich mir eingebildet hatte, ihrer Aufmerksamkeit würdig zu sein. Nach meiner Rückkehr aus der Schule wiederholte ich im penetranten Licht des Badezimmers vor dem Spiegel ihren Namen. »Xu. Xu. Xu. Xu. Xu. Xu. Xu. Xu. Xu. Xu. Xu. Xu. Xu. Xu. Xu. Xu. Xu. Xu. Xu. Xu.« Bis er nur noch Zunge am Gaumen war. Ein stupider Schatten menschlicher Sprache. Und just in diesem Moment, als sich jeglicher Sinn verflüchtigt hatte, als ich nur noch ein X und einen Vokal im Mund hatte, ein unheimliches Zischen wie das einer Schlange, begriff ich: Ich hatte allein geliebt, ganz allein, wie die Hunde. Ich hatte meine Liebe wie einen Boomerang geworfen, ohne darauf zu warten, dass sie zurückkehrte.

An diesem Abend postierte ich mich vor ihrem Haus, klingelte mehrfach. Keine Reaktion. Es regnete, doch ich harrte reglos aus. Stoisch wartend, unter einem müllfarbenen Himmel. Drei Tage später startete ich einen neuen Versuch, vergeblich. Ich erkundigte mich bei Rosa, der anderen

Italienischlehrerin: Xu war nicht mehr zum Unterricht erschienen. Ich bekam eine Erkältung, wurde sie wieder los. Ich ging zur Arbeit, checkte jedoch ständig unter dem Pult das Handy oder verzog mich auf die Toilette, um sie, auf dem Rand der Kloschüssel sitzend, ein ums andere Mal anzurufen, bis mir das Steißbein weh tat. Es war der 20. Dezember. Die Schülerinnen erlebten mich übernächtigt, geistesabwesend, blass. Sie fragten mich, wie es mir ging, wünschten mir frohe Weihnachten. Ich spielte das Spiel mit, antwortete, als würde es Sinn ergeben: »Euch auch frohe Weihnachten.« Aber es ergab für niemanden einen Sinn: weder für sie, die kein Weihnachten feierten, noch für mich, die ich nichts zu feiern hatte.

Ich verfiel wieder in mein altes Laster, den ganzen Tag an meinen Bruder zu denken. Wie zuvor an Xu. Ich dachte an die salzigen Kürbis-Ingwer-Kuchen, die er gebacken hatte, als es ihm noch gut ging. An die Rote-Bete-Suppen mit Wasabi, an die Kürbisblüten mit Quinoafarce. Er war im zweiten Jahr an der Kochschule gewesen, lernte außerdem Chinesisch und begann davon zu träumen, ein Restaurant in Schanghai zu eröffnen. Ich hatte ihn nie gefragt, warum gerade in Schanghai. Woher die Idee kam. Dieser ferne und seltsame Traum. Aus einem Buch, einem Film, einer Dokumentation? Nach seinem Tod hatte ich wie unter Zwang versucht, seine Lachstarte nachzubacken. Drei-, vier-, fünfmal. Jedes Mal fehlte etwas, ein süßer, runder Nachgeschmack, den ich nicht hinbekam. Ich getraute mich nicht, sie wegzuwerfen, und auch nicht sie aufzuessen. Ich warf den Kochlöffel gegen die Wand, aus Frust, dann sah ich dem Lachs stundenlang dabei zu, wie er sich bräunlich verfärbte, vertrocknete, einen beißenden Geruch verströmte, bis meine Eltern mich anschrien, ich solle endlich alles in den Müll kippen.

Weihnachten war auf den chinesischen Straßen nicht sichtbar. Es war ein aus der Zeit gefallenes Dezemberende. Ich aß in meiner Unterkunft zu Mittag, die Dinge, die ich im Supermarkt gekauft hatte. Am Vormittag von Heiligabend gab mir eine Verkäuferin, die einen Teller mit Häppchen in der Hand hielt, eine Ohrfeige, als ich eines nahm: Man musste die Hand aufhalten und warten, bis einem mit der dafür vorgesehenen Servierzange eines gereicht wurde. »Das wusste ich nicht«, flüsterte ich zutiefst gedemütigt. Ich eilte hinaus in die Kälte, mit brennender Wange.

Am Nachmittag erkundete ich gigantische, von Vinylcomicfiguren okkupierte Einkaufszentren. Angefangen bei den Klamottenläden im Erdgeschoss über die Geschäfte mit Schreibwaren, Spielzeug und Gadgets in den Ebenen darüber bis zur obersten Etage der Luxusrestaurants. Ich lief mehrmals hindurch und sah mir dabei alles Mögliche an, wie in einem Labyrinth, in dem es einen Sinn und ein Ziel zu finden gilt. Das Licht war grellgelb und aggressiv, auf neonbunten Pullovern weinten aufgestickte Manga-Mädchen. Im Haushaltswarengeschäft lagen Kehrschaufeln mit Plastikkrokodilen als Griff und ein großer quietschpinker Fußabstreifer mit der Aufschrift: *You must stay until the end.*

Ich ging jeden Abend aus. In den Spelunken hinter dem Tempel aß ich, umgeben von alten Männern, die eifrig Tierknöchelchen abnagten und dann auf die Tische spuckten, im Halbdunkel braune Suppen mit beißendem Geschmack. Mit dem Löffel fischte ich winzige Gliedmaßen von Vögeln und glibberige schwarze Pilze aus der Tiefe. Ich trank viel mehr Sake als mein Medikament erlaubte, in einer dunklen Ecke der Ausländerbars sitzend, hinter dem baiserfarbenen Hotelkoloss mit seinen Zimmern für fünftausend Euro die Nacht.

Manchmal, wenn ich betrunken war, ging ich bis zum Poxx, blieb aber oben an der Treppe stehen. Ich schaute hinab und ging dann weiter. Die Straßen des Luwan-Bezirks verloren im Rausch jegliche Kontur. Der Himmel verschwamm mit den regenglänzenden breiten Bürgersteigen und den renovierten französischen Cottages. Fahle Kirschholzfassaden, eisig museale Fenster, Villen aus den 1920er Jahren für Reiche und Parteimitglieder, und weitere nach ihrem Vorbild erbaute Häuser. Ich hatte einen sauren Geschmack im Mund, und alles verblasste, wie ein Ort, den man noch eine Weile in Erinnerung behält und dann aus dem Gedächtnis löscht. Jemand sah mich taumeln und nickte mir im Vorbeigehen zu, dunkle Gesichter, in denen ein Lächeln aufging, und ich sah weg, weil ich nicht wusste, ob aus Freundlichkeit oder Mitleid.

In der Silvesternacht wanderte ich stundenlang durch das Viertel, bis zur Nanjing Road. Ein Meer aus Licht und grellbunten Farben tat sich inmitten der Dunkelheit auf. Blinkende Bündel aus Neonschriften. In einem Kiosk auf dem Bürgersteig verkaufte ein als Minnie Mouse verkleidetes übergewichtiges Mädchen Süßigkeiten. Hinter ihr ein überlebensgroßes Exemplar von Molly, der Vinylpuppe, die es überall in der Stadt an Automaten zu kaufen gibt. Pärchen um die zwanzig blieben vor den Geräten stehen und drückten auf Knöpfe und taten, als müssten sie erraten, was herauskommen würde.

Früher einmal war dies die Straße des Vergnügens. Der billigen Freudenmädchen und des importierten Essens. Ausgemergelte Kinder, verkauft an die Fabriken, schufteten vierzehn Stunden am Tag, dann starben sie plötzlich auf dem Nachhauseweg wie Tauben an einer nach Pisse stinkenden, von tierischen Exkrementen übersäten Straßenecke. Dann gab es die, die nicht gewollt waren. Die Kinder, die versehentlich der Lust entsprangen, dem Ausläufer einer planlosen, gefräßigen Liebe, hineingeboren in einen Abgrund aus Hunger und Elend, in den Abwassergräben ertränkt: Zwischen 1920 und 1940 wurden dort neunundzwanzigtausend Körper herausgefischt. Und die Puppenfrauen mit den rosigen, runden Gesichtern kamen aus den sechshundertachtundsechzig Bordellen, schwarze Schatten in den dunklen Gassen, gebündelt und zitternd wie Fischschwärme, während alles schrie oder stöhnte – der Lärm des Lebens ähnelt oft einem Hilfeschrei –, stets darauf bedacht, nicht auf die Körper der Kinder zu treten, gräuliche Haut, Zähne leuchtend wie Quarz.

Angeblich eint Zwillinge ein inneres Band und ihre Gehirne leuchten synchron wie die Lämpchen am Weihnachtsbaum. Bei Ruben und mir war das nicht der Fall. Ich habe seinen Tod nicht vorhergesehen. Weder den Tag noch den Moment. Ich habe weder seinen bebenden ersten Kuss in einer Gasse hinter der Piazza Navona vorhergesehen noch seinen Wunsch, nach China zu gehen oder seine Resignation, als er wegen seiner Erkrankung nicht mehr gehen konnte. Meine Liebe zu ihm ließ mich niemals wissen, was er fühlte oder wie viel Zeit ihm noch blieb. Es war eine trübe Liebe. Es ist einfach eines Morgens passiert, basta. Ich war gerade im Bad seines Krankenzimmers und putzte mir die Zähne und er starb. Er starb, während ich mir die Zähne putzte. Energisch, weil ich Kekskrümel zwischen den Backenzähnen hatte. Ich hatte vorgehabt, ihn im Augenblick des Todes zu küssen, ein leichter Kuss auf die Augen, um seine Seele in mir aufzunehmen: eine Tradition der alten Römer. Stattdessen starb er, während ich, nur zwei Meter von ihm entfernt, den Wasserhahn auf- und wieder zudrehte und mein Gesicht im Spiegel betrachtete. Auf dem Glas saß eine Fliege und zuckte mit den Flügeln. Die Krankenschwestern richteten das Zimmer wieder her und in dieser Trübheit verließen wir alle zusammen die Klinik.

Ich kam zu einem Gebäude, das einem Mausoleum glich. Ich erinnerte mich noch aus dem Reiseführer daran, aber nicht an seine Funktion. Dreihundertdreiunddreißig Meter schimmerndes Weiß erstickten den schwarzen Himmel. Eine Frau im Rollstuhl am Fuß des Gebäudes regte sich nicht, ein marmornes, blindes Auge auf mich gerichtet.

20 HALS

Am Morgen des 3. Januar kam endlich wieder ein Lebenszeichen von Xu. Eine Nachricht, während ich unter der Dusche stand. Klitschnass griff ich nach dem Telefon. *14.30 vor deinem Haus. Ich nehme dich wohin mit.* Diesmal würden wir uns bei Tag sehen. Ängstlich fragte ich mich, ob das nicht auch einen Lichtwechsel in unserer Beziehung bedeutete.

Zwei Stunden später stand sie vor dem Eingang. Sie trug ein pompöses Kleid in Veilchenblau, mit Puffärmeln. Wir stiegen ins Taxi, sie gab dem Fahrer Anweisungen, Anweisungen voller nasaler Konsonanten. Da ich, wenn Xu so schnell sprach, nichts verstand, nahmen ihre Worte in meinem Kopf die Bedeutung an, die mir gefiel. Aus einer Adresse wurde ein Kompliment, aus einem Befehl nach rechts abzubiegen eine Liebeserklärung. *Das ist meine Freundin, ist sie nicht wunderschön?*, hörte ich sie an diesem Nachmittag sagen: So wollte ich es. Ich lächelte sie an, lächelte über den Satz, den sie nicht gesagt hatte, die westlichen Viertel verschwanden in einer grauen Peripherie.

Der Wagen hielt an. Eine Frau schaute streng von einem Balkon herab, hinter einer Wand aus verblichenen Unterhemden. Ich sah den Fluss, grau und starr wie ein Parkplatz. Gegenüber war eine riesige Lagerhalle. Wir gingen hinein. Im Inneren gab es einen Haufen altes, morsches Holz, kaputte Stahlträger und Lichtstrahlen, die durch die teils verrammelten Fenster drangen.

»Das war früher mal eine Textilfabrik. Später wurde daraus ein Einkaufszentrum, dann der Treffpunkt einer Sekte, die dir offenbart hat, welche magischen Worte dich retten, wenn du kurz davor bist durchzudrehen. Dann, glaube ich, eine Art Stall. Dann sind die Tiere gestorben. Eine Weile lagen überall Schädel und Wirbelsäulen herum. Und dann nichts mehr, jetzt ist es nichts mehr. Sämtliche Orte in Schanghai verwandeln sich irgendwann in etwas anderes. Dann wieder und wieder. Bis sie schließlich nichts mehr sind.«

»Ist mir bereits aufgefallen.«

»Eine Stadt, in der nichts es selbst bleibt, ist eine gefährliche Stadt.«

»Inwiefern?«

»Du kannst ihr nicht vertrauen. Du kannst nicht ruhig bleiben. Gefällt dir dieser Ort?«

»Ich weiß nicht.«

»Wie, du weißt nicht?«

Sie hatte müde Augen, ein müdes Gesicht. Was hatte sie letzte Nacht gemacht, und in der davor? Die Frage blieb mir im Hals stecken.

Sie zog mich langsam aus. Den blauen Strickpulli, der Ruben gehört hatte. Den etwas zu engen Rock. Ihre Finger, klein und weiß wie Maden, knöpften mich auf, langsam und träge. Ich schloss die Augen unter der schwachen

Wintersonne, die mir durch einen schmalen Schlitz in der Wand ins Gesicht schien. Xu redete weiter von Orten, die zu anderen Orten werden. Orte, die irgendwann nur noch Gerippe sind. Relikte. Symbole. Ihre Worte klangen langsam und verwaschen, kamen von einem Ort auf halber Strecke zum Schlaf, von einem Ort, an dem die Gefühle nur die Spreu vergangener Gefühle sind, sodass ich, als sie mich endlich ausgezogen hatte und »Ich liebe dich« sagte, genau wusste, dass es nicht mir galt, dass dies ein Satz für andere oder von anderen war, das unpersönliche Echo einer Erinnerung, wie ein beißendes Licht, das nach einem grellen Blitz noch einen Moment auf der Netzhaut bleibt, und ich drehte mich weg, die Arme fest um die nackten Knie geschlungen.

»Warum tust du das? Dreh dich um.«

Ich drehte mich um und erst da sah ich die anderen.

Schwarze Silhouetten, die sich fiebrig auf der anderen Seite des Raums bewegten. Ihre Bewegungen waren züngelnd, schlängelnd. Sie vögelten, küssten sich kalt. Wie konnte es sein, dass ich sie nicht bemerkt hatte? War mein Verlangen nach Xu so stark, dass es alles andere ausblendete? Ich sah sie von Weitem, verschwommen, nur schwach beleuchtet von den Straßenlaternen draußen vor den Fenstern. Kantige, hölzerne Körper. Unempfänglich für die Liebe. Ab und zu durchschnitt ein gutturales Lachen die Stille und eine Umarmung zerbrach. Ein dunkler Körper, in einer Ecke, weinte zusammengekrümmt. Ein anderer Körper, unter der Treppe, zog sich in sich selbst zurück wie ein Wurm, das Geschlecht ein Klumpen zwischen den Beinen.

»Wer sind die?«

»Entspann dich. Leute wie wir.«

»Wie meinst du das?«

»Leute, die nicht wissen, wo sie hingehören. Leute, die nicht mit sich selbst im Reinen sind.«

»Sie wirken, als wären sie stoned.«

»Das ist nur die gelbe Pille. Ich erklär es dir später. Lass uns eine verborgenere Ecke suchen.«

»Nein, ich mag diesen Ort nicht«, sagte ich.

Ich fühlte mich wie an meinem ersten Tag im Kindergarten: allein und verwirrt von der Anwesenheit der anderen, von der plötzlichen Erkenntnis, inmitten der anderen leben zu müssen. Ich wollte mit Xu zusammen sein, nur mit Xu, ich wollte, dass auch sie das wollte. Sie lachte. Lachte über mich. Ihre Zähne waren Granit: Grabsteine ohne Inschrift.

Mit eisernem Griff packte sie mich an der Hand und schleppte mich zu einem abgelegenen Winkel unter einer Eisentreppe. Befahl mir, mich hinzulegen. Ich nahm den Geruch von Staub wahr und den von etwas Eleganterem, einem teuren Parfüm vielleicht, das irgendwo verschüttet worden war. »Jetzt mach, was ich dir sage.«

Und was, wenn meine Traurigkeit, wenn die Traurigkeit, die ich aus Bequemlichkeit dem Verlust meines Bruders zuschreibe, in Wahrheit eine viel ältere Traurigkeit wäre, eine Gewohnheit, mich als Nutz- und Gebrauchsobjekt der anderen zu fühlen?

Ich erlebte diese Szene, als gehörte sie zur Folge einer dieser Fernsehserien, die ich immer schaute. Als erschlösse sich der Sinn dessen, was gerade geschah, nur aus einer nahtlosen Übereinstimmung von Licht, Worten, Kameraeinstellung, vorherigen Folgen. Ich schloss die Augen. Wäre es tatsächlich eine Fernsehserie gewesen, hätte ich die Pflicht gehabt, etwas zu tun. Den Plot voranzutreiben. Das machen die Figuren. Sie handeln. Sie haben die Kontrolle. Aber ich handelte nicht, kontrollierte nichts. Ich stand Xu zur Verfügung. Ihrem Mund. Ihren Händen. Ich existierte nur für sie. Für ihre Zähne, die im trüben Licht leuchteten. Diese Zähne eines herrlichen Monsters, irgendeines Monsters, zur Legende geworden durch ein einfaches und düsteres Märchen: mein Leben, mein Leben ohne meinen Bruder.

Ihre Finger waren kalt und präzise. Sie zogen mir den neuen BH aus, blau mit Einhörnern, und umfassten meine Brüste. Jede ihrer Gesten, auch die erotischen, war gebieterisch wie die eines Polizisten. Ich wollte noch mehr über die Fabrik von ihr wissen, aber jedes Mal, wenn ich den Mund aufmachte, kam von draußen Musik, verschwommen, triumphierend, voller Trompeten. Hörte auf. Wogte erneut gegen die Scheiben. Immer lauter wie ein gemeiner Witz. Wir strecken uns nackt auf dem Boden aus.

Ich konnte kaum glauben, dass Xu ausgerechnet mich erwählt hatte. Mich, die es nach Blicken hungert wie einen Hund. Nach Blicken aller Art. Zuckersüßen, verständnisvollen, bösen. Seit jeher. Packt die Leine, zerrt mir noch mehr am Hals, und ich schaue euch noch flehentlicher an. Einmal, ich war neun, waren Rubens Freunde zu Besuch, um mit ihm PlayStation zu spielen, und begannen mir Fragen über meine Lieblingsspiele zu stellen. Ich war derart geschmeichelt von diesen vielen Fragen, die nur mir galten, dass ich mir, nur um sie nicht zu stoppen, das Pinkeln so lange verkniff, bis ich mir in die Hose machte.

Wir vögelten stundenlang. Xu und ich. Mit kurzen Unterbrechungen, um getrocknetes Rindfleisch zu essen und Lycheesaft zu trinken. Draußen, vor den Kippfenstern, schien der smoggelbe Himmel den Übergang vom Tag zur Nacht nicht zu bemerken. Alles, was zuvor in der Außenwelt geschah, geschah nun in unserem Inneren. Ab und zu lenkte uns ein Splitter unter der Haut ab. Schrille Stimmen von draußen, durcheinander wie Glasscherben. Eine Hupe. Dinge, die uns daran erinnerten, dass es eine Welt außerhalb unserer Haut gab: ein wimmerndes Etwas, das nach unserer Aufmerksamkeit verlangte und uns bestrafte, wenn wir ihm kein Gehör schenkten.

Die Dunkelheit senkte sich herab und wir wurden zu Schatten. Xu tänzelte davon, um das Neonlicht einzuschalten. Die gesamte Lagerhalle färbte sich gelb wie eine Kinderzeichnung. Ich war müde, nach all diesen Stunden des Glücks und dem Spüren meines Körpers, meines und eines anderen. Aber sie sprühte noch immer vor Energie, hatte ein Funkeln im Blick und ein zwanghaftes Lächeln.

Sie leerte ihre Tasche. Zum Vorschein kamen Lippenstifte, Gesichtscremes, ein elektronisches Wörterbuch und schließlich ein pinkfarbener Glitzerdildo: ein Gerät aus Silikon in der Farbe von Barbie-Gedärm. Im Leichenschauhauslicht der Neonröhren verströmte es eine groteske Fröhlichkeit. Eine neonpinke Energie. Wir brauchten ihn nicht, diesen Dildo. »Lass gut sein«, sagte ich zu ihr. Sie hörte nicht auf mich. Schnallte ihn mit ernster Miene um. Schloss den Gürtel. Draußen hob abermals die Musik an. Frivol, himmlisch, die obsessive Wiederholung eines Gemütszustands der Dankbarkeit.

»Seit ich vier war, habe ich bei meiner Großmutter gelebt. Sie war nicht bösartig, aber sie mochte mich nicht besonders. Sie mochte meine Cousine Ling mehr. Alle mochten Ling mehr. Ling war schöner und sie sollte das einzige Mädchen sein.«

»Sie war bestimmt nicht schöner als du.«

»Oh, und ob, glaub mir. Alle schwirrten um sie herum und machten ihr Komplimente. Als mir meine Tante zu Weihnachten ein Kleid geschenkt hat, rosa und ganz aus Spitze, fing Ling an zu heulen, weil nur sie schön sein durfte.«

»Wie bescheuert.«

»Also hat mich meine Großmutter am Arm gepackt und mich in mein Zimmer gezerrt, ich erinnere mich noch, dass es ziemlich düster war ... es regnete seit Tagen ... seit so vielen Tagen, dass sich der Garten wegen des vielen Wassers in einen Sumpf verwandelt hatte ... braune Blätter flogen gegen das Fenster meines winzigen Zimmers ... die dreckige Scheibe ... mein scheußliches, dreckiges Zimmer ... ich erinnere mich noch, als wäre es gestern gewesen ...«

Sie sah von oben auf mich herab, mit halbgeschlossenen Augen, ein schwarzer Schatten mit einem bonbonfarbenen Schwanz.

»Ich erinnere mich an ihre tiefdunklen Augen in der Finsternis, ich habe nie mehr so dunkle Augen gesehen, Ruben, glaub mir ... Dann nahm sie eine Schere und ... zerschnitt mein Kleid in winzige Stücke.«

Ihre Stimme klang mit einem Mal aufdringlich und aggressiv wie die eines kleinen Mädchens, das mühsam die Tränen unterdrückt.

»Das tut mir leid«, sagte ich.

»Psst! Ich will kein Mitleid. Ich stelle nur die Dinge klar.«

Sie kniete sich nieder, mit glänzenden Augen, direkt neben mir. Splitternackt wie ich war, begann ich allmählich zu frieren.

»Welche Dinge?«

»Alle. Die Löcher. Die Löcher, Dummerchen.«

»Die Löcher?«

»Die Löcher für die Nägel, an denen die Liebesbeziehungen hängen. Du zitterst ja. Warte.«

Sie legte sich seitlich über mich, im Gegenlicht, eine Alien-Frau aus Plastik von Mattel. Der breite Mund, die hervorstehenden Schulterblätter, die kleinen milchigen Brüste. Anstelle der Genitalien ein Gummibonbon in Shocking Pink. Sie lachte, wie man nachts in einer menschenleeren Straße lacht. Dann nahm sie meinen Kopf und schob ihn sich zwischen die Beine. Draußen herrschte inzwischen tiefste Nacht, kein Laut war mehr zu hören, ich wollte nur noch nach Hause und vor dem Fernseher abhängen und Serien schauen und einschlafen und farblose Träume träumen.

Die Hand auf meiner Stirn, biss sie mir ins Ohr. Etwas zu fest. Ein Blutstropfen fiel mir in die Ohrmuschel und machte ein leises Geräusch, das mich rührte und erschreckte. Dann ein zweiter Tropfen. »Alles wird gut«, sagte Xu mit der hohlen Stimme eines kleinen Mädchens, das es gewohnt ist, allein zu sein. Meine Lippen fest um den Glitzerpenis.

21 HANDGELENK

Tagelang hielt mich die Nacht in der Textilfabrik, diese seltsame Mischung aus körperlicher Lust und geistiger Verwirrung, derart gefangen, dass ich an nichts anderes mehr denken konnte. Ihre strenge Miene, die silikonisierten Genitalien, die detaillierte Geschichte mit der Großmutter. Ich konnte sogar die Küchenschere vor mir sehen, die kräftigen Klingen, die, begleitet vom vergilbten Grinsen der Großmutter, in der Dunkelheit aufblitzen und sich dann in den Stoff fraßen. Als hätte ich sie tatsächlich gesehen. Es war Xus Erinnerung, aber nun war es meine geworden. Das geschieht, wenn man zu sehr liebt.

An den folgenden Abenden führten wir endlose Telefongespräche, sie war leicht erkältet und hatte keine Lust auszugehen oder mich bei sich zu empfangen. Wir schickten uns Hunderte Katzenvideos. Es gab so viel Zärtlichkeit zwischen uns, verborgen unter der Grausamkeit, also musste ich mir eigentlich keine Sorgen machen. Sie war mir vielleicht nicht treu, aber sie würde mir niemals wirklich wehtun. *Niemals*. So sagte ich es mir. Und glaubte es. Aber die Liebe verschleiert die Details. Sie trübt deinen Blick. Sie zensiert die Anzeichen, die von einer drohenden Gefahr künden.

Eines Nachmittags schenkte sie mir den Fotobildband von Zhang Lanpo. Großartige Bilder in Schwarz-Weiß von winzigen Föten in Alkoven aus Laub, in den Schlaf gewiegt von großen Skeletten. Verbrannte Gesichter mit aufgedunsenen Lidern, auf den lächelnden Lippen eine schmerzliche Freude. Wir waren im Jing'an-Park, inmitten surrealistischer Skulpturen. Ich legte das Buch auf eine Parkbank, und wir machten ein Selfie unter einem riesigen, im Nichts schwebenden Metalleimer, aus dem sich eine Kaskade aus kleinen Eimern ergoss.

Sie nahm mich in eine andere Fabrik mit, eine kleinere, in der Nähe des M50, jenes aus einem Labyrinth aus verfallenen Lagerhallen entstandenen Museumskomplexes. Mitten im Schutt zu vögeln, an Orten, die andere Orte gewesen waren und dann wieder andere und dann aufgehört hatten zu sein, war wunderbar. Wenn ich im Staub auf dem Boden lag, war mein Kopf leicht und leer wie ein Plastikbecher. Ein bunter, um genau zu sein. Als wir klein waren, hatten Ruben und ich aus solchen Bechern getrunken. Wir rümpften die Nase wegen des säuerlichen Geschmacks, den das Wasser durch das Plastik annahm, aber wir wollten sie trotzdem wieder und wieder haben wegen ihrer prächtigen Farben. Kinder sind besessen von Äußerlichkeiten und gleichgültig dem Inhalt gegenüber. Xu lächelte, während sie mir die Kleider auszog und meinen Kopf auf die Treppenstufe bettete. Sie öffnete den Mund, begann mich zu kosten.

Die Liebe darf keine gefühllosen Narben, glänzender und härter als die Haut, erzeugen. Höchstens leichte Verletzungen, die schnell heilen. Wie jene, die man sich als Kind zuzieht, wenn man von einer Schaukel fällt, wenn man sich mit ausgestreckten Beinen dem Himmel entgegenschwingt und der Himmel einen dann hinabstößt. Die Liebe darf nicht wehtun. Das suggerieren zumindest die Fernsehserien. Dort führt eine falsche Beziehung höchstens zu langsameren Szenen, untermalt vom düsteren Hämmern bedeutungsschwangerer Musik, die aber meist binnen weniger Sekunden in andere Szenen und andere Einstellungen übergehen. Als ich die Augen wieder öffnete, war Xu in mir. War Teil meines Körpers. Gewebe in Gewebe. Eine Infiltration. Sie stöhnte, voller Ungeduld. Ich grub ihr die Nägel in den Rücken, und ihre schweißnassen dünnen Haare glitten mir wie Blutegel in den Mund.

Nach dem Sex sahen wir uns, leicht verschwitzt, Kunst an. Dutzende von Galerien in maroden Gebäuden, Treppen, die vor geschlossenen Räumen und in Sackgassen endeten. An den Wänden freizügige Bilder von Frauen mit langem rotem Haar, das in der Luft loderte wie Feuer. Ein geschlossenes Geschäft, in der Auslage Schaufensterpuppen ohne Gesichter, in luxuriöse *Qipao*-Kleider gehüllt, die Arme emporgereckt, als würden sie um Hilfe rufen. In der letzten Galerie ganz hinten wurden auf antike chinesische Gemälde holografische Frauen mit blauen Haaren projiziert, die auf Wolkenkratzern umherspazierten oder abwesend, wie von etwas hypnotisiert, in die Ferne starrten. Ich warf einen Blick auf mein Handgelenk, um nach der Zeit zu sehen, aber ich trug seit über einem Monat keine Uhr mehr; stattdessen befand sich dort nun der glänzende, animalische Abdruck von Xus Zähnen. Ein kleines Ideogramm ohne Botschaft. Ein junger Mann an der Kasse sah auf mein Handgelenk und sagte: »He, du blutest.«

Am 27. Januar kam innerhalb eines Tages der Winter. Der Himmel färbte sich schmutzig weiß und der Wind wurde kalt. In der Zeitung sah man ein Foto von fliegenden schwarzen Karpfen. Eine Wand aus Fischen, aneinandergedrängt und tintenglänzend, die aus dem Wasser in ein großes Netz sprangen, das darauf wartete, sie zu fangen. Eine andere Aufnahme zeigte lächelnde Touristen mit dem Smartphone in der Hand, erregt von diesem Moment kraftstrotzender Lebenskraft an der Schwelle zur Vernichtung. Es war ein Artikel über die Fischsuppe von Qiandao: *Es handelt sich um einen gezüchteten Silberkarpfen, der in China oft wegen seines besonders großen Kopfes, der bis zu vier Kilo wiegen kann, für Suppen verwendet wird. Er wird mit Tofu, Bambus, Koriander und Schinken serviert. Wenn sich die Touristen vom Bild eines Fischkopfs mit aufgerissen Augen, der vom Grund einer milchigen Brühe zu ihnen emporstarrt, befreien können, werden sie einen wahren Gaumenschmaus erleben.*

In dieser Nacht schlief ich auf dem Sofa ein und wurde durch eine Nachricht von ihr geweckt. Sie lautete: *526*. Und dann: *25 873*. Ratlos betrachtete ich die Zahlen auf dem Bildschirm. Jedes Mal, wenn ich Xu näherkam, schob sich ein neuer Filter zwischen uns, ein neuer, mühsam zu entziffernder Code. Ich antwortete: *??* Und sie: *58*. Ich recherchierte im Internet und fand heraus, dass die jungen Leute in China oft anstelle von Sätzen Zahlen verwenden, die ähnlich klingen. Sie nennen es *Marssprache*, aber es drückt die banalsten Dinge des menschlichen Erdenlebens aus. *526*: *Ich habe Hunger*. *58*: *Gute Nacht*. *25 873*: *Liebe mich bis zum Tod*.

Am folgenden Samstag aßen wir in einer Spelunke in der Nähe meines Hotels. Wir schlürften eine dunkle Brühe, die nach Desinfektionsmittel roch. Eine bildhübsche, blau gekleidete Kellnerin ging in der Küche ein und aus. Ich fotografierte sie von hinten, das glänzende Haar und den kleinen Hintern. Xu sah mich strafend an und ich löschte das Foto. Auf dem ganzen Weg zur Metro sprach sie nicht mit mir. Als ich sie fragte, wie eine Sechsjährige, ob sie mich noch liebe, lachte sie leise. »Geh nach Hause«, murmelte sie, ohne mir ins Gesicht zu sehen. In der Nacht schlief ich schlecht und träumte von Xus Schenkeln, die feucht und schuppig waren, wie Fische, und davon, wie ich sie zärtlich und ängstlich streichelte. Um acht Uhr wachte ich mit Fieber auf. Nein: Ich hatte kein Fieber, das Thermometer zeigte sechsunddreißig Grad. Ich war auf subtilere, kaum wahrnehmbare Weise krank. In der Zeitung das Foto einer Unterwasserkathedrale: im See von Qiandao, dem See der deformierten Fische. Es war ein Friedhof einer längst vergangenen Zeit.

22 BRUST

Ich schlief kaum noch. Ich schaute keine Serien mehr, weil ich mich nicht konzentrieren konnte. Nachts wachte ich mit einem feuchten rostigen Geschmack im Mund auf, dem Geschmack von ausrangierten Autos. Am Montagmorgen, im Unterricht, entdeckte ich einen Insektenpanzer auf meinem Pullover. Er war glatt und perlmuttfarben. Ich stupste ihn vorsichtig mit dem Finger an, aber er wollte sich nicht von der Brust lösen. Am Abend sah ich eine grimmige Mücke auf dem Glas der Duschwand. Ich zerquetschte sie und sie hatte mehr Blut in sich als erwartet. Dann, in der Nacht, während ich einschlief, spürte ich eine kleine Spinne auf dem Mund und gleich darauf etwas Weiches, Luftiges: ein Spinnennetz. Die Insekten wurden im Lauf der Tage immer mehr. Einige gab es wirklich, die anderen träumte ich. Einige schlüpften aus den Türpfosten, andere aus dem Spalt, der den Traum vom Wachsein trennt. Dieser Spalt begann sich übermäßig auszuweiten, wie eine nicht versorgte Wunde. Pechschwarze und blitzschnelle Kakerlaken flitzten ins Zimmer und verschwanden dann unter den Möbeln. Hinterhältige kleine Fliegen, diffus wie schwebender Staub, folgten mir in die Metro, umkreisten meinen Kopf. Rote Ameisen folgten meinen Schritten bis in den Supermarkt. Insekten aller Art. Sie tauchten aus dem Dunkel auf, im harten Licht meines Zimmers, aufgescheucht vom Hunger.

Der Kammerjäger kam und ich wartete vor der Tür auf ihn, die grünen Notausgangsschilder anstarrend. Ich fragte mich seit Tagen, welche Bedeutung diese Insekten wohl hatten. Keine natürlich. Es waren nicht die, von denen ich während der ersten drei Monate nach Rubens Tod geträumt hatte, Nacht für Nacht, während ich die Trauer wie einen Rausch ausschlief. Es waren Insekten und Schluss. Sie existierten für sich selbst, für die Natur, und nicht, um mir irgendeine Botschaft zu übermitteln. Aber mein gestresster Geist war inzwischen eine Art Staubsauger, der jedes Symbol einsammelte, jedes Körnchen Erlebtes. Plötzlich, während ich unbequem auf dem grauen Teppichboden saß, wurde mir klar, dass eine Grenze in meiner Beziehung zu Xu überschritten worden war. Ich wusste nicht genau, welche Grenze das war. Die zwischen meinem Körper und ihrem. Die zwischen Selbsterhaltungstrieb und bedingungsloser Kapitulation. Jetzt, da die Grenze überschritten worden war, konnte alles getan werden. Mit mir. Mit meinem Körper. Eine unaufhaltsame Kraft, stärker als mein Geist, zwang mich zu gehorchen. Wegen dieser neuen, aufregenden Schwäche ließ ich mich von ihr an diesem Nachmittag ohne Widerspruch in den Schlachthof mitnehmen.

Der U-Bahn-Halt Hailun Road war von breiten maroden Straßen umgeben. Ein alter Mann, dessen Blick sich im Nichts verlor. Xu war gekleidet wie eine wunderschöne gelangweilte Nutte aus einem japanischen Film der 1990er Jahre. Edler Kimono in Coca-Cola-Rot über ultraknappen

Hotpants. Ich versuche, mich an alles zu erinnern, an jeden Punkt auf der Timeline meiner Liebe zu Xu, an logische und symbolische Punkte: eine verschlungene Linie, die wie die christliche mit unzähligen Versprechen und einem großen, in die Erde gerammten Kreuz verknüpft ist. In einer nach Aas stinkenden Gasse hielten wir an. Von dort betraten wir durch den Lieferanteneingang ein verlassenes Einkaufszentrum. Es war riesig. Ausgeschaltete Leuchtreklamen verkündeten Lebensfreude. ENJOY LIFE. I WILL GIVE YOU ALL MY LOVE. ALWAYS BE HAPPY. Xu wartete auf jemanden. An die Wand gelehnt, begann sie rosaweiß gestreifte Bonbons zu essen. Ein kleines Mädchen kam. Eigentlich eine Frau, aber sie sah aus wie ein Kind. Sie hatte ein aufgedunsenes Mondgesicht und zu öligen Zöpfen geflochtenes Haar und trug ein Kleid in der Farbe von Zuckerwatte. Sie überreichte Xu ein glitzerndes Säckchen und ging. Xu öffnete es und holte ein paar gelbe Pillen hervor. »Nie mehr Angst, versprochen, mach den Mund auf«, sagte sie, und ihre heiseren Worte dehnten sich zu einem monströsen Echo aus. Ich streckte die Zunge heraus, sah sie reflektiert in der verspiegelten Wand: Sie war grau und rissig, als hätte sie über Zement geleckt. Ich erschrak. Mit Sicherheit lag es an der Luftverschmutzung, aber das Erste, woran ich dachte, war: *Das kommt von den Dingen, die ich gesagt habe. All den zärtlichen Worten, die ich nicht hätte sagen dürfen.*

Ich folgte Xu zum Ausgang. Ich spürte die Pille im Mund prickeln wie eine Aspirintablette und sich dann auflösen. Mir kamen die tausend Kinderfieber in den Sinn, Rubens und meine Fieber, unsere glühenden Köpfe nebeneinander auf dem Kissen, unser verschwitzter Schlaf ohne Träume.

Wir gingen an einem Fluss entlang. Am anderen Ufer eine Reihe leer stehender Hochhäuser. Die surrende Stille schrottreifer, ferner Motorroller, und kaltes, vom Wind gedämpftes Gelächter. Wir kamen an mehreren Marktständen vorbei, die erdige Knollen und kleine bräunliche Äpfel feilboten. Dann an Stoffläden. Berge aus staubigen Tuchwaren, aufgetürmt auf den Gehwegen. Ein Stand, der Socken mit dem kopfstehenden Ideogramm für *Glück* am Knöchel verkaufte. Eine Braut, vor einem Haus, auf einem roten Stuhl, die auf etwas wartete, mit abwesendem Blick, der Schleier verheddert auf dem Asphalt.

23 HAUT

Wir kamen kurz vor Sonnenuntergang an. Der Schlachthof war riesig. Ein schwarzer Monolith aus Stahl und Beton, zerstückelt von obsessiven, dicken Säulen und rasterförmigen Durchbrüchen, die sich wie Schlünde über die Fassade bis zum Dach zogen. Lange Treppen wanden sich nach oben, zwischen fünfzig Zentimeter dicken Gefängnismauern mit Hohlräumen zur Kühlung: Die Körper der Lämmer mussten, während sie nach oben stolperten, Wärme abgeben, mussten die richtige Temperatur für die Schlachtung erreichen. Xu hatte mir bereits alles erklärt, in der U-Bahn, mit der Ansage, dass sie nicht unterbrochen werden wollte. Sie sprach langsam, sezierte die geschichtlichen und ästhetischen Details dieses tödlichen Massakers, während an jeder Haltestelle weitere Menschen in den Wagen stiegen, die weißen Gesichter ausdruckslos, die Kleidung modisch, die Körper dicht aneinandergepresst. Der Schlachthof war in den 1920er Jahren eigens für eine schizoide Stadt wie das in internationale Konzessionen zersplitterte Schanghai entworfen worden, um allen ausländischen Gemeinschaften Fleisch von höchster Qualität anbieten zu können. Das Gemetzel sollte nach höchsten westlichen Effizienzstandards und in einem Rahmen makelloser europäischer Eleganz stattfinden. Neuester Stand der Technik, neues Hygienekonzept, keine finanziellen Kompromisse, ein Art-déco-Gebäude mit einem verworrenen modernistischen Labyrinth in seinem Bauch. Von außen westliche Anmut, im Inneren eine Psychose aus Abstraktion und Beton. Vier ineinander verschlungene Etagen, die sich um ein sonnendurchflutetes Zentrum wanden: die Bühne, auf der die Körper geschlachtet wurden.

»Hat sie gewirkt?«, fragte sie mich auf einer der kreuz und quer verlaufenden Brücken. Es war ein Labyrinth ins Nirgendwo. Aus dunklen Hallen trat man in ein Gewirr aus zementierten Wegen, die sich trafen und wieder trennten. Hinter den Rastern ein trostloses Panorama aus Wolkenkratzern und Hochhäusern aus den 1970er Jahren, dazu ein schlammiges Licht.

»Ich weiß nicht. Wie soll sie denn wirken?«

»Das hab ich doch gesagt. Die Angst verschwindet.«

»Aber ich hatte gar keine …«

»Unmöglich. Man hat immer Angst. Es ist die Angst, die uns antreibt zu leben, morgens aus dem Bett aufzustehen. Die Angst vor dem Tod, vor dem Verrinnen der Zeit, davor, falsche Entscheidungen zu treffen …«

»Nein, das ist nicht wahr. Nicht alles wird von der Angst angetrieben.«

»Doch, wird es. Auch wir beide, wir sind aus Angst zusammen.«

»Vor was?«

»Vor der Einsamkeit zum Beispiel.«

»Nein. Ich bin aus Liebe mit dir zusammen.«

»Auch die Liebe ist Angst, wenn du sie genauer betrachtest.«

»Ich bitte dich. Angst wovor?«

»Vor dem, was du denkst, vor dem, was ich denke, davor, wie lang ich dich allein lassen kann. Du liebst mich, weil du Angst vor den Auswirkungen hast, die meine Handlungen auf dich haben.«

»Das ergibt keinen Sinn.«

»Doch, tut es. Sei nicht naiv. Die Liebe wird aus der Abwesenheit geboren. In den Pausen, in denen der oder die andere nicht da ist, keimt die Saat der Angst. Die Angst, dass er oder sie nicht zurückkehren wird. Und aus der Angst sprießt die Liebe.«

Ich dachte ein paar Sekunden lang darüber nach, was sie gesagt hatte. In Gedanken folgte ich nochmals ihrer Argumentation, während wir über die Brücken gingen, die in die großen dunklen Hallen hinein- und wieder aus ihnen herausführten. Ich folgte ihrer Argumentation und erkannte, dass es riskant war, ihr zu folgen. Ihr bis zum Ende zu folgen.

»Du bist zynisch. Die Liebe ist nicht nur das.«

»Hörst du den Ton deiner Stimme? Du klingst ruhig. Sie hat gewirkt.«

Wir waren im Inneren. Auf einer der Tribünen.

»Du bist noch heißer, wenn du nicht zitterst wie ein Küken. Leg dich hin und schließ die Augen.«

Ich legte mich auf den kalten rauen Boden.

»Erzähl mir noch was.«

»Über die Liebe?«

»Nein. Über diesen Ort hier.«

Sie kam ganz nah an mein Ohr. Seufzte. Dann, während sie mich streichelte, erzählte sie mir alles. Nach seiner Schließung war aus dem Schlachthof eine Industrieanlage geworden und dann bis 2002 eine Arzneimittelfabrik. Danach beschloss das Shanghai Institute of Architectural Design and Research, ihn zu restaurieren und in einen Hotspot für Kultur zu verwandeln. Jedoch ohne Erfolg. Es war ein düsterer, unwirtlicher Ort, der im Kopf derer, die ihn betraten, verzweifelte Gedanken weckte. Das Licht der untergehenden Sonne flutete das Gebäude von unten und von oben, durch die Glasböden des letzten Stockwerks, als wäre seine Quelle nicht die Sonne, sondern etwas Kompliziertes: ein Experiment. Man huschte wie ein Versuchskaninchen durch die vom Licht tranchierte Dunkelheit und über die engen Brücken, die ins Freie traten, um gleich darauf wieder in die inneren Verwindungen des Eisens einzutauchen.

Im Lauf der Zeit hatten sich Cafés angesiedelt. Inzwischen geschlossen. Kleine Boutiquen mit abgedrehten Kleidern. Inzwischen geschlossen. Die einstige Kühlhalle für die Karkassen war jetzt ein Luxusrestaurant, in das niemand ging. Die Kellnerinnen trugen rotglitzernde Kleider, die zur Mittagszeit schillerten wie das Gefieder seltsamer Vögel. Die erste Etage war ein Treffpunkt für Ferraribesitzer. Es gelang mir nicht, sie mir vorzustellen, wie sie über Autos und Geschwindigkeit redeten, über die Außenseite des Lebens. Hier war alles innen. In dieser Stadt, in diesem Schlachthof. Sobald man die Augen schloss, stellte man sich den Schmerz der Lämmer vor, vermischt mit dem jahrhundertealten Hunger der Chinesen und der erstaunlichen Philosophie, mit den verwinkelten Gärten, den zierlichen Kaiserinnen mit den gebundenen Füßen. In Schanghai kann man sich nichts vorstellen, weil es schon alles gibt, und wenn man es doch tut, bordet die Fantasie über und fügt einem Schmerz zu.

Ich sah mich um. Das beklemmende Leuchten des Betons, zwischen Rastern und sterbenden Pflanzen. Treppen wie Wirbelsäulen und verzerrte Sehnen. Dieser Ort strahlte nichts Schönes, nichts Gesundes aus. Einige Gebäude überleben die Geschichte nicht, um etwas zu erzählen: Sie überleben aus Versehen, wegen der blinden Widerstandskraft des Materials. Ich sah zur Decke hinauf. Zu den riesigen Fenstern, die nach Westen zeigten: Xu sagte, dafür gebe es zwei Gründe. Einen spirituellen und einen materiellen. Dem Buddhismus zufolge habe es den Lämmern den Weg der Reinkarnation erleichtert und außerdem wehe der Wind in dieser chaotischen und labilen Stadt nach Westen und habe so den Geruch des Schlachthofs mit sich fortgetragen. Ich sah Xus kalte Augen auf meinen Körper konzentriert, sah sie meine Haut studieren und dachte, dass sie recht hatte: Ich hatte weniger Angst und ich liebte sie weniger. Und es war eine Erleichterung. Es war wundervoll.

Es dauerte eine halbe Stunde. Ihre regelmäßigen Zähne, perlmuttweiß und speichelglänzend, zeichneten Kommas auf mein Handgelenk und ließen den Puls, die Gedanken für einen Moment zum Stillstand kommen. Sie sagte: »Ich liebe dich über alles«, sie wiederholte es mehrmals, wie ein in der zweiten Klasse auswendig aufgesagtes läppisches Gedicht. *Ich liebe dich über alles. Ich liebe dich über alles. Ich liebe dich über alles.* Die Worte der Liebe können einfach nur fauler Zauber sein. Tricks, um die Kontrolle zu behalten. Wie beim Beschwören einer Schlange. Sie biss fester zu. Weiter oben, entlang der Schulter. Ich stöhnte auf, es klang wie der Hebel einer Maschine, der umgelegt wird. Eine Kupplung, ein kaum benutztes Getriebe.

Mit geschlossenen Augen stellte ich mir, während ich ihre Zunge nach unten wandern spürte, die Lämmer in ihren winzigen Käfigen vor und weinte, ich konnte nicht mehr aufhören zu weinen und sie mir vorzustellen.

»Hör auf zu flennen. Liebst du mich etwa nicht?«

»Doch … Doch, ich liebe dich über alles.«

»Dann Schluss jetzt. Nur die Schwachen heulen so.«

So gesehen, auf dem Boden des Schlachthofs, in diesem bedrückenden Licht, wirkte meine Haut anders. Sie kam mir wie etwas Totes vor. Wie das Lammleder von Schuhen oder Taschen. Etwas, das man mit sich herumträgt. Erst lebendig und bedürftig, später nur noch nebensächlich. Die Ärzte begannen sich erst im 16. Jahrhundert für die Haut zu interessieren. Davor betrachtete man sie als bloßen Sack für unsere Innereien. Dann begriff man, dass sie weit mehr war. Dass sie atmete. Dass auch sie lebte, neben dem, was sie beschützte. Dass sie alles andere war als nur ein Sack. Sie war ein Organ wie die anderen, nur fester. Geduldig. Eine Märtyrerin, geopfert auf dem Scheiterhaufen der Knochen, allem ausgesetzt, bereit zu allem. Die Welt aufzunehmen, diese schmutzige und fürchterliche Welt, und zu versuchen, sie nicht eindringen zu lassen.

24 BEINE

Als ich in dieser Nacht nach Hause kam, hing ein Blatt an meiner Tür. Es warnte mich, dass ein Taifun im Anzug sei. *Bitte schließen Sie alle Türen und Fenster und beschränken Sie Aktivitäten im Freien.* Das Blatt war sechs Stunden alt, die Apokalypse stand also kurz bevor. Ich schloss mich ein, im Dunklen, bis alles begann. Die ganze Nacht hindurch lauschte ich dem Klirren von Glas und dem dumpfen Tosen des Windes. Sintflutartiger schräger Regen, der über die Dinge hinwegpeitschte, eingebettet in graue, schwere Luft. Leere Fenster. Leblose Kanten von Gebäuden, die den Himmel zerschnitten. Bleierner Himmel wie tote Materie. Es gab kein Licht, nur Masse in Bewegung. Wimmelnde menschliche Materie. Schwarze Köpfe und aufgespannte Regenschirme wie Amphibienhaut. Auf einem bläulichen Asphalt. Ein Gewusel aus Beinen und wehenden Regenmänteln. Das Gold des Tempels, das todverheißend aufblitzte. Xu schickte mir eine Nachricht, aber das Vibrieren des Handys verlor sich im Zittern der anderen Dinge. Als ich wieder danach griff, waren es sechs weitere. *Wenn ich dir schreibe, musst du sofort antworten, du hast nicht kapiert, wie das hier läuft. Jetzt wirst du sehen, welche Konsequenzen das hat.*

Mit lauter Stimmte sagte ich das Wort »Konsequenzen«. Es klang wie der Wind, der auf etwas Unbewegliches trifft. Mauern, Häuser. Die Sprache kann aggressiv und sinnlos sein wie ein Taifun. Es hängt davon ab, wer sie artikuliert. Es hängt von der zerstörerischen Energie ihrer kaum vorhandenen Liebe zu dir ab. Ich verkroch mich unter der Decke. Es war gegen drei Uhr morgens und mir war schwindlig. Selbst mit geschlossenen Augen spürte ich noch die bläulichen Strahlen der Wolkenkratzer wie Nachrichten aus abgrundtiefen Himmeln.

Die folgenden Tage verbrachte ich fern von meinem Selbst. Mein Selbst war ein Ort, den ich nicht besuchen wollte. Auch Xu hielt sich fern von mir. Inzwischen war ich an dieses Hin und Her gewöhnt. Doch leider dämpften auch diese Schweigepausen meine Gefühle für sie nicht. Im Gegenteil, in jedem Kommunikationsloch bahnte sich die Liebe gleich den Wurzeln eines monströsen Efeus ihren Weg.

Ich dachte ständig an die Lämmer. An die im Schlachthof und die auf der ganzen Welt. Ich dachte voller Liebe und Schuldgefühl an sie. Ich entdeckte, dass man sie im China des 15. Jahrhunderts vor Christus in Massen dem Gott Shang Di als Opfer dargebracht hatte, weil sie ewige Schönheit und Wahrheit symbolisierten. Es wird erzählt, Kaiser Tang selbst habe sich während einer extremen Dürreperiode in ein Lamm verwandelt, um geopfert zu werden. Sein Blut zeichnete demütige Worte auf die staubtrockene Erde. Eine Art Gedicht. In jener Nacht war in ganz China ein prasselnder Regen niedergegangen.

Ich hörte auf zu essen. Ich hörte auf, zum Unterricht zu gehen. Ich schaute die ganze Nacht asiatische Fernsehserien. Eine hieß *Ein Liter Tränen* und war die wahre Geschichte eines Mädchens mit einer degenerativen Erkrankung. Unaufhaltsam, von einer Folge zur nächsten, verlor die schüchterne, bildhübsche junge Frau erst die Kontrolle über die Beine, dann über den restlichen Körper, doch das Einzige, das sie bekümmerte, war, dass sie ihren Lieben zur Last fiel. Vater und Mutter fütterten sie, sie weinte, gepeinigt von Schuldgefühlen.

An einem dieser Tage, in einer konturlosen Zeit zwischen Nachmittag und Abend, postete Xu auf WeChat ein Selfie von sich und Kelly. Sie lachten, hatten glückliche Augen und zerzaustes Haar. Sie waren in Xus Zimmer. Man konnte nicht erkennen, ob sie sich geküsst hatten, ob Xu ihr einen winzigen Biss im Nacken hinterlassen hatte, ob sie eben erst wie Delfine aus den Tiefen eines vertraulichen Gesprächs aufgetaucht waren.

Manchmal ging ich aus. Ich lief bis zur Erschöpfung. Das internationale Viertel kam mir plötzlich unheimlich vor, mit seinen bewässerten Bäumen und seinen makellosen Marmortreppen, als wäre der gesamte Raum nur in Szene gesetzt, um einen zu verwirren und wider jede Vernunft heiter zu stimmen. Ab und zu sprachen mich Fremde an, auf dem Gehweg, vielleicht fragten sie nach dem Weg oder nach einem Foto, weil ich blond und aus dem Westen war, doch bei mir kamen nur verstümmelte, unverständliche Sätze an, als wäre die Sprache zerbrochen und jeder Passant hätte eine glasige Scherbe von ihr im Mund, ein Bedeutungsfragment, ein blindes Vibrieren der

Stimmbänder. Gelegentlich sprach auch ich mit Fremden, in einer Sprache, die nicht mehr Chinesisch, aber auch noch nicht wieder Italienisch war. Es geschah am Fahrkartenschalter der Metro, wenn ich versuchte, ein Ticket zu kaufen, oder im Supermarkt, wenn ich um ein Kürbis-*baozi* bat. Erschöpft stotterte ich herum, auf der Suche nach Wörtern, die nicht erschienen, steckte fest in einem luftleeren Raum, einer Lingua franca des Unbewussten, bestehend aus Tränen und Schweigen. Ich begann zu weinen, unter dem harten Neonlicht der *convenience stores*, bastelte einen Satz zusammen, der wie ein verzweifeltes Gebet klang, ein unverständliches Gebet, das niemand verstand.

Ich schlief den ganzen Tag. Die Schule rief mehrfach an, und der Klingelton des Handys stahl sich in meine Träume und verwandelte sich in den grauenhaften Alarm von farbig fluoreszierenden Rettungswagen auf den endlosen Straßen einer Stadt, die Schanghai ähnelte, aber nirgendwo war Xu. Mitunter träumte ich auch von Lämmern. Klein und verängstigt in den Ställen, leblos und saftig auf festlich gedeckten Ostertafeln, schlecht gemalt auf Osterkarten.

Am 1. Februar kam der Kündigungsbrief. Ich sah in den aschfahlen Himmel, der Schnee verhieß, und dachte an Ruben, an das Blau der Augen, das unter den Lidern verschwand, die sich zum letzten Mal schlossen, und begriff irgendwie, dass er nicht gekämpft hatte. Dass er sich hatte gehen lassen. Ich begriff, dass ich mich gehen ließ, weil auch er sich gehen ließ, weil wir beide so sind: wir lassen uns gehen.

25 MUSKELN

Xu tauchte am 2. Februar wieder auf. Mit der üblichen Nachricht im Telegrammstil auf WeChat. *17 Uhr Metro Jing'an*. Ich las die Nachricht dreimal, eingehüllt in meine Decken. WeChat hatte eine Oberflächengrafik wie aus den 1980ern, hausbacken und ein bisschen traurig, die ich inzwischen insgeheim mit Xus Comebacks verband. Es gab nicht einmal fertige Sticker, um die Konversationen zu entschärfen. Um einen Sticker zu haben, musste man ihn von einer externen Seite herunterladen. Sie jedoch hatte Hunderte: Katzen mit Brillen, hämisch grinsende Fledermäuse. Woher kamen die? Von welchem anderen Chat, von welchem anderen Gefühl? Manchmal, wenn ich ihr eine der typischen, vor Bedürftigkeit und Angst triefenden Fragen Liebender stellte, zum Beispiel *Denkst du an mich?*, flutete Xu unseren Chat mit diesen knalligen, scheinheiligen Gesichtern, diesen bescheuerten Tieren ohne Sinn. Eine Sprache, die meine Sprache der Liebe zermalmte, verhöhnte, vernichtete.

Auf der Straße sah ich ständig auf das Handy, in der Hoffnung auf weitere Worte. Einen Kuss, ein buntes Emoji. Aber nein. Nichts. Sie wusste, dass es nur weniger Worte bedurfte, um mich an sie zu fesseln. Die Unterhaltung konnte kurz und knapp bleiben, wie Verkehrsschilder, weil ich unverzüglich gehorchte, wie bei einer Ampel, wie bei einem Stoppschild oder einer Geschwindigkeitsbegrenzung. Ich stieg in die U-Bahn ein, drängte mich in die erhitzte Menge. Mir fiel die violette U-Bahn-Chipkarte zu Boden, ich fischte sie zwischen Tonnen von Kaugummi unter einem Sitz hervor. Ich wusste, dass es auch diesmal nur eine Frage der Zeit sein würde. Jede Rückkehr von Xu war von kurzer Dauer: Sie war das Vorspiel ihres Verschwindens. Ein falsches Wort, ein lautes Weinen, eine Konfrontation, ein Abweichen von der Rolle, die sie mir zugeteilt hatte, und sie würde abermals verschwinden. Sie war eine gleichgültige Schwalbe und ich war nicht ihr Nest: Ich war ein verdorrter Baum, auf dem sie sich für einen kurzen Moment niederließ.

Wir kehrten zum Schlachthof zurück. In den Tagen ohne Xu hatte ich nicht anders gekonnt, als mich weiter darüber zu informieren. Ich war wie besessen von diesem Ort. Auf dem Bett liegend, hatte ich jeden Artikel darüber gelesen, den ich finden konnte, und nebenbei Lollis und White Rabbit Bonbons gelutscht. Ich erfuhr, dass er seinerzeit, als er gebaut worden war, zu den größten Schlachthöfen der Welt zählte, und dass er heute der letzte seiner Art war, der diese Architektur aufwies, ihre grausame Präzision und surrealistische Anmutung. Ich erfuhr, dass der Fußboden deshalb so rau war, damit die Lämmer nicht im eigenen Blut ausrutschten. Und dass an diesem Ort in den 1930er Jahren jeden Tag eintausendzweihundert Lämmer starben, doch erst, nachdem sie schon halbtot waren, weil sie zuvor in panischer Angst endlose, dunkle Rampen hinaufrannten und auf jeder Etage in Käfige gesperrt wurden, bevor es über die nächste Rampe weiterging. Die Schweine blieben im Erdgeschoss, weil sie langsam waren: Für sie kam der Tod auf einmal.

»Du siehst schrecklich aus«, sagte Xu auf der Schwelle und küsste mich lustlos.

»Du hast mir gefehlt.«

»Du mir auch.«

»Und warum hast du dann …«

»Warum was?«

»Egal.«

Die Lämmer wurden auf den engen Brücken mit einem Brandzeichen versehen und fanden, oben angekommen, schließlich den Tod, nachdem ihnen die Schwerkraft das Blut aus den Adern gezogen hatte, wodurch sich das Gewicht der Karkassen verringerte und die Abfälle in sich zusammenfielen. Das Massaker im Schlachthof von Schanghai vollzog sich in vielen kurzen, zwanghaft durchgeführten Szenen: Es war ein obszönes Theater des Todes, gleichgültig jeder Unzulänglichkeit oder Unvollkommenheit gegenüber. Die kalte und perfekte Funktionalität des chinesischen Schlachthofs, seine mechanisierte Produktion und sein hyperrationaler Ansatz hatten als Inspiration für die Ästhetik der ersten Fließbänder für Automobile gedient. Die Idee, ein komplexes Produkt aus vielen kleinen Teilen zu erschaffen. Wie ein unendlich analysierter Geist: eine Psychoanalyse des Mordens.

Unser Ziel war das oberste Stockwerk. Wir brauchten nicht die Treppe zu nehmen: Es gab einen gläsernen Aufzug, der seinerzeit eingebaut worden war, als man diesen tödlichen Ort in ein Einkaufszentrum verwandeln wollte. Im Grunde, sagte ich mir, machte es keinen Unterschied. Die Geschäfte waren nur eine abstraktere Form des Konsumismus: Man sah kein Blut, man sah keine unterernährten Kinder, die sich über Stoffnähte beugten. Xu drückte die Fünf. Der Aufzug schoss nach oben, ich hatte ein Gefühl von Leere in der Brust. Der fünfte Stock war verlassen. Der Boden ein riesiger wabenförmig unterteilter gläserner Kranz. Dies war der Ort, an dem gestorben wurde. Ich schaute in die Tiefe. Man sah alles, was unten war, als befänden wir uns in einem schrecklichen Himmel. Die Verwindungen des Eisens, die Brücken, das schräg durch die Schlitze einfallende Licht. Die Passanten, die wie Halluzinationen hinter den Betonspiralen erschienen und verschwanden. Ich legte mich hin und schloss die Augen, während Xu mich küsste. Eine pathologische Sonne, nicht zur Jahreszeit passend, die wie eine Glut von unten aufstieg, flutete unsere Nacktheit auf dem Glas. Während Xus Mund über mich wanderte, war ich dankbar, weil ich nur Schwarz sah und nicht den kleinen, verwirrten Tod der Lämmer. Ich war dankbar für all das, was ich nicht sah. Dankbar, dass ich die zusammengepferchten, schweißnassen Körper der stöhnenden Kälber auf dem Weg nach oben nicht sah. Dass ich die spitzen, durchdringenden Schreie nicht hörte, Zeichen der Angst oder des Lebens. Dass das Gesicht meines Bruders, auch wenn Xu mich nicht liebte, in meinem Kopf jeden Tag etwas blasser wurde, wie ein von Wolken verschleierter Himmel.

Da geschah es. Sie biss fester zu, am Hals. Sie tat mir weh. Ich zitterte, bäumte mich auf. Brachte keinen Laut über die Lippen. Keinen Protest. Einen menschlichen Körper darf man nicht dermaßen erschrecken, dachte ich. Ich erinnerte mich an einen Hirsch auf einer Landstraße, eines Nachts vor drei Jahren. Er war plötzlich vor unserem Auto aufgetaucht, als wir auf dem Rückweg von einem Ausflug zum Braccianosee waren. Ruben hatte als Erster geschrien, als er die Silhouette im Gegenlicht sah, die gelben Augen und den Umriss des Oberkörpers. Mein Vater hatte gebremst, dem Hirsch war es gelungen, sich mit einem beherzten Sprung vor dem Auto in Sicherheit zu bringen. Im Kegel der Scheinwerfer hatte ich alles gesehen: das Zittern, die Reaktion der Muskeln auf die Gefahr. Nur die Körper der Tiere sind dafür gemacht, von Schreck erfüllt zu werden. Nicht die der Menschen. Nur die Tiere haben so viel Angst, weil nichts auf der Welt sie jemals von ihrem Überlebenswillen ablenkt. Ich spürte Xus kleine knochige Hand zwischen den Beinen, sie drang langsam vor, meinem Mund entwich ein Schrei.

26 HAARE

Wir lieben es zu lieben, weil es ein essbares Gefühl ist. Nachdem es vom Hirn über die Haut zu den Genitalien übertragen worden ist, kann es geleckt und geküsst werden. Es kann auf der Zunge liegen bleiben wie eine verlässliche Pille. Auch der Hass ist essbar. Beide können, nachdem der Körper sie verdaut und ausgeschieden hat, schreckliche Schlacken des Verlangens hinterlassen. Tückische Toxine, schleichend und unverdaulich. Nicht immer gibt es Heilung.

Wir gingen jeden Tag zum Schlachthof.

Die Skurrilität wurde zur Alltäglichkeit.

Die gelbe Pille, die gewundenen Treppen, der Widerhall des Betons und des Glases. Bevor sie mich biss, machte sie mir alberne Komplimente über meine Haut, die ihrer glich. Weiß, sofort rot in der Sonne. Die Brustwarzen blass und blaugeädert wie zerbrochene Uhren. Wir waren zwei Silikonpuppen aus einem Guss, mit solch unterschiedlichen Gedanken, dass nur unsere Körper in der Lage waren, miteinander zu kommunizieren. Endlos miteinander zu kommunizieren, über das Fleisch hinaus, auf der Suche nach etwas, das wir nie fanden.

Alles war geeignet. Nagelhäutchen, Schorf, Epidermis, Fett. Ein Büschel strohblonder Haare, schmierig vom Shampoo, die ich aus dem Duschabfluss sammelte und ihr auf die Zunge legte, sobald wir auf den engen Brücken des Schlachthofs angekommen waren. Es waren keine Angebote, es waren keine Symbole, es hatte nichts mit Liebe zu tun. Xu blinzelte und akzeptierte alles, so wie ich akzeptiert hatte, Tag und Nacht an nichts anderes als an sie zu denken.

Sie küsste mich auf die Lider und die Nase, nuckelte an meinen Haaren wie eine Katze. Sie legte mir eine Hand zwischen die Beine und mit der anderen zeichnete sie mir Herzen auf die Wange, mit der Fingerkuppe, dann mit dem spitzen Nagel. Im alten China musste das Haar der Braut vor der Hochzeit von einer glücklichen Frau gebürstet werden. Glücklich und Mutter vieler Kinder. Ausnahmen waren nicht erlaubt. Dann folgte das Tränenritual. Wenn die Braut die Eltern zum letzten Mal sah. Schließlich wurde ihr eine Haarlocke abgeschnitten und dem Bräutigam auch eine und die Strähnen wurden unauflöslich miteinander verbunden. Die Haare der beiden wurden an einem sicheren Ort verwahrt und nie mehr gelöst. Jahrelang behielten sie einen pulvrigen Glanz vom milchigen Reiswasser, mit dem sie gewaschen worden waren. Haare sind die sicherste Reliquie, weil sie nicht verwesen. Sie trotzen der Liebe und der Krankheit, dem Tod dessen, der sie auf dem Kopf trägt. Deshalb sind sie auch in der Hexerei so beliebt. Ich konservierte meine für Xu: auf meinem Kopf wie Blumen auf einem Feld, die darauf warten, abgeschnitten zu werden.

Manchmal entschied sich Xu für die dünne Haut zwischen Schlüsselbein und Kopf. Meinem Kopf. Ihn würde sie niemals essen. Selbst über die Haut dort zu lecken, war für sie tabu. Nicht aus Respekt, sondern aus Angst vor der Traurigkeit in seinem Inneren. Meine Traurigkeit war wie die ihre: gefährlich. Unsere Traurigkeit war das Gefährlichste, das uns in unserem Leben jemals begegnet war. Sie machte unsere Gefühle laut und unzuverlässig wie entgleisende Züge. Wenn ich mich abends im Spiegel betrachtete, im gleißend hellen bläulichen Bad in der einunddreißigsten Etage des Starlight Hotel, und die frischen Wunden in Augenschein nahm, die Rötungen, die Spuren der Backenzähne auf den Oberschenkeln, tat ich mir ein bisschen – nein, sogar sehr – leid, was dem Höchstmaß an Selbstliebe entsprach, zu der ich fähig war.

An diesem Samstag schneite es. Die Blumenbeete rund um das Hotel verschwanden unter einer Schneedecke. Die Spitzen der Grashalme lugten hervor wie nachwachsende Härchen auf einem rasierten Bein. Gerührt blieb ich stehen, um sie anzusehen. Ich fragte mich, was Ruben denken würde. Über diese Beziehung, über Xu, darüber, wie sehr ich mich erniedrigt hatte. Natürlich konnte Ruben nichts mehr denken. Aber ich fragte es mich trotzdem. Es war eine Art verzweifeltes Ritual. Eine Art Gebet. Seine Gedanken, die nur der dunkle Grund der meinen waren – eine Asphaltdecke aus Unbewusstem und Angst, vielleicht auch Hoffnung –, verfolgten mich bis in meine Träume und schenkten mir keine Ruhe.

In der Nacht schreckte ich plötzlich aus dem Schlaf hoch. Der Feuermelder schrillte wie verrückt. Ich ging barfuß hinaus, verstört, aber es war nur falscher Alarm. Der Junge mit den grünen Haaren tauchte auf, er sah müde aus, er kniete sich auf den Teppichboden und drückte eine Taste hinter dem Notausgangsschild gegenüber meiner Tür. Stille kehrte ein. Während er davonging, verspürte ich den Drang, ihn aufzuhalten. Ihm nachzurufen: *Komm zurück, lass uns ein bisschen reden. Lass mich nicht allein mit meiner Liebe zu Xu.*

27 SCHORF

Ich hoffte nicht mehr, geliebt zu werden. Die Hoffnung war zusammen mit dem letzten Aufbäumen des Winters verschwunden. Es war erst der 20. Februar, doch zur Mittagszeit begann eine blasse Sonne die Straßen zu erhellen, indem sie die Pfützen der vorherigen Nacht leuchten ließ. Ich begann Xu an den Tagen, an denen sie auf Abstand zu mir ging, heimlich zu folgen. Der ganz in Schwarz gekleideten Silhouette, Hotpants aus Ökoleder, Netzstrümpfe, unten in der Metro im Getöse der Züge, inmitten von Fremden, und entdeckte, dass sie die Schule gewechselt hatte. Sie besuchte nun einen Kurs als Gasthörerin an der Universität Fudan in der Nähe ihrer Wohnung. Ich beschattete sie aus der Ferne, wie ein Virus, das darauf wartet zuzuschlagen. Die Augen glänzend vor Angst, die Kapuze des schwarzen Hoodies tief in die Stirn gezogen. Ich folgte ihr bis zum Campus. Die Gebäude der Fudan imitierten westliche, längst vergangene Baustile. Griechische Säulen, schwülstige Renaissance, leicht kindischer Barock. Xu blieb für einen Moment unbeweglich am Eingang stehen, während sich die Gesichtserkennung vergewisserte, dass Xu Xu und nur Xu war und nichts anderes, und mir schnürte es die Kehle zu, weil dieses genetisch nicht reproduzierbare Objekt namens Xu das Einzige war, was ich wollte, und das Einzige, das mich bald vernichten würde.

Es ist seltsam, wenn die Hoffnung, die eigene Liebe könnte erwidert werden, erlischt. Es ist seltsam, weil es eine Vorstellung ist, die zerbricht, noch bevor du weißt, dass du sie hattest: die Vorstellung der Zweisamkeit, des Gefühls, für jemanden wichtig zu sein. Sie ist bereits zerbrochen, obwohl du nicht wusstest, dass sie da war. Alles ging so schnell, dass nur der Körper hatte Schritt halten können. Die Zeit war körperlich, muskulär geworden. Das Blut war wacher als der Verstand. Die Abschürfungen auf den Armen und auf der Brust, auf den Fingern bildeten eine Kruste. Die Haut verteidigte, erneuerte sich, und während sie sich erneuerte, vergaß sie, dass sie verletzt worden war.

Die Hoffnung erlischt und alles verlangsamt sich. Das Herz schlägt müde, erstickt von den Knochen. Die alten Gedanken regen sich, erschöpft. Meine Antidepressiva, dafür gedacht, die Stimmung zu heben und die Realität zu akzeptieren, den nagenden Lebenstrieb, glitten brav die Kehle hinab und reichten nicht mehr aus.

Manchmal war es schwierig, im Schlachthof eine ruhige Ecke zu finden. Die fotogenen Mädchen waren überall, mit ihren Teddybären und ihren Miniröcken, den wächsernen Mienen. Alle wollten Bilder von sich in diesem Art-déco-Schloss, in dem die Lämmer starben. Eine melodramatische instagramtaugliche Kulisse. Ein *cooler* Ort. Sie lächelten, im Gegenlicht, vor den bizarr verschlungenen Brücken, und verliehen diesem ungesunden Ort eine falsche Lebendigkeit. Manchmal fanden Xu und ich keine Ecke für unser kleines Massaker, unser Liebesmassaker, und drehten eine Runde nach der anderen, bis sich wenigstens das oberste Stockwerk leerte, der Glasboden, der kälteste Ort. Wir legten uns hin und alles begann von vorn.

Ich zog mich mechanisch aus, in der von Xu befohlenen Reihenfolge, die so präzise war wie die Pinselstriche eines Ideogramms. Von oben nach unten, von links nach rechts. Nie die Schuhe vor der Bluse, nie zuerst aus dem rechten Ärmel schlüpfen. Ich konnte keinen Sinn in diesen Regeln erkennen. Ich konnte in den meisten Entscheidungen von Xu keinen Sinn erkennen. Das Einzige, was zählte, war, meinen Willen, meinen freien Willen, auf ein absolutes Minimum zu reduzieren. Und dieses Licht an der Decke ... dieses Licht stieg mir zu Kopf. Es war unnatürlich. Dafür gedacht, keine Fehler zu begehen: um die Details des Abschlachtens sichtbar zu machen. Wie eine medizinische Stablampe, die sich auf die schmerzende Stelle richtet. Auf das gerötete Innere eines Mundes, die geplatzten Äderchen eines Auges. Ich kniff die Lider zusammen und ließ mich vögeln.

Während sie mich vögelte, schloss ich die Augen und atmete, träumte von meiner Kindheit oder von irgendeiner Kindheit, von Trauben lärmender Kinder auf einer Wiese, von einem Picknick, einer mütterlichen Liebe, von Tagen, die in Decken und Ermutigungen gehüllt verschwanden. Manchmal kamen Xu und ich gemeinsam, ein Orgasmus wie ein Taifun, der die Bäume biegt und einem die Sprache verschlägt, aber tatsächlich waren es zwei unterschiedliche Orgasmen, weil ich verwundet war und sie nicht. Meine Haut war mit Knospen aus Blut übersät. Manchmal streichelte Xu sie, gerührt und geistesabwesend. Wie man eine Blüte streicheln würde, welche die Sonne nicht zu öffnen vermocht hat. Es war wieder Nacht.

Am letzten Tag des Februars, während es draußen regnete und wir uns auf einer schmalen gewundenen Treppe küssten, sah ich etwas im Dunklen. Einen Schatten. Erschrocken fuhr ich hoch. Es war er. Ruben. Er lag auf einer Stufe, kränklich, noch am Leben. Er war nur ein Schatten, aber er war es eindeutig. Ich getraute mich nicht, zu ihm zu gehen, ich hatte nicht die Kraft zu schreien. Vielleicht hatte ich mich in der Dosierung der gelben Pillen vertan, vielleicht war ich einfach nur zu müde. Und was, wenn es eine Wechselwirkung zwischen der gelben Pille und den Antidepressiva gab? Wie gebannt saß ich da, halbnackt auf der Betontreppe, und versuchte zu verstehen, warum mein Bruder gekommen war, ich versuchte es nach allen Kräften, aber ich wurde vom Schlaf übermannt, einem glühend heißen, surrealen Schlaf.

An jenem Abend bemerkte ich auf dem Weg nach Hause die ersten Blüten neben dem Bürgersteig. In dem Moment vibrierte etwas auf dem Handy: eine Mail meiner Eltern. Ich dachte, es sei eine ihrer üblichen, vor unerträglicher Liebe strotzender Nachrichten, auf die ich entweder gar nicht oder mit Fotos von der Stadt antwortete, lustlose, verwackelte Fotos, mit dem Handy aufgenommen. Aber nein. Sie schrieben, dass sie in einem Rucksack meines Bruders einen Brief an mich gefunden hatten. Sie hatten ihn eingescannt und als Anhang beigefügt. Mein Herz begann wie verrückt zu schlagen. Ich stürzte zurück in mein Apartment, trank ein wenig Pflaumenwein und gab mir einen Ruck. Ich öffnete ihn.

28 NARBEN

Innerhalb von zwei Monaten hatte sich mein Körper auf unbeholfene Art entfernt von Rubens geschundenem Leib, so abgemagert, von der Krankheit aufgezehrt, noch am Leben. Die Haut erschlafft, verblichen: ein altes Kleid. Es war März und die Sonne ließ den Staub auf den Fenstern glitzern. Meine Mutter war aus der Klinik zurück und pflanzte empfindliche Blumen in die trockene Erde unseres Gärtchens. Ich war bereits auf der Suche nach einem Job in China und aß kleine Kekse voller künstlicher Aromen. Ich ging auf den Balkon und stellte mir Dinge vor, die nicht da waren und an die ich mich nicht mehr erinnere.

Bei der Beerdigung, am 2. Mai, in der gotischen Kirche weit weg von zu Hause, hatten meine Eltern die fünf Kilo mehr unter meinem schwarzen Plisseekleid bemerkt, man sah es an ihren Blicken, aber zum Glück mussten sie wichtigere Gefühle unter Kontrolle halten. Ich wünschte, ich könnte mich besser an die Predigt erinnern, an das geschnitzte Holz des Sarges, die lärmenden Schwalben draußen vor den Fenstern, an solche Dinge eben. Stattdessen ist alles Hintergrund. Asphalt des Gehirns. Das Aufblitzen von schwarzen Kleidern, Augen, meine Arme auf dem Bauch, auf den fünf Kilo mehr.

Michele war schon vor der Beerdigung gekommen, in einem grauen Anzug, und hatte meine gesamte Verwandtschaft umarmt, als beträfe ihn deren Schmerz tatsächlich. Das machte mich dermaßen nervös, dass ich mich drei Reihen entfernt von ihm hinsetzte. Ab und zu, während der Priester müde die üblichen Floskeln herunterbetete, drehte ich mich um und sah in sein frisches Jungengesicht. So sagt man das: *frisches Gesicht*. Als wollte man die Menschen mit Milchprodukten vergleichen. Mit essbaren Produkten, eben erst dem Fleisch der Tiere entrissen. Michele hatte kleine Hände und dünnes Haar. Bevor wir uns zum ersten Mal getroffen hatten, war unsere Unterhaltung einen Monat lang über Social Media gelaufen. Er hatte dreiundsiebzig Freunde und postete nur Ausschnitte aus Filmen der 1960er Jahre. Auf dem Profilbild, das hastig auf irgendeinem spanischen Platz aufgenommen worden war, strahlte sein Lächeln eine aus Faulheit unerforschte Melancholie aus.

Es war Sonntag. Vielleicht war es Sonntag, als Ruben beerdigt wurde, als sie den Sarg in die Erde hinabließen und wir dabei zusahen, und es war siebzehn Uhr, und Michele griff nach meiner kalten Hand und drückte sie, und ich hatte trockene Augen und im Kopf nur Erstaunen, noch keinen Schmerz in dem Moment, als er unten ankam, der Sarg unten ankam, der Wind war sanft und staubig auf unseren kalten, in Mäntel gehüllten Körpern, und es war sehr sonntäglich, extrem sonntäglich, es war wie diese langen Sonntage als Kind, an denen ich auf etwas wartete und nicht wusste, worauf, und die Erwachsenen die Zeit auszufüllen versuchten, und ich noch nicht wusste, dass die Zeit ausgefüllt werden musste, dass es gefährlich war, sie leer zu lassen.

In China war ich, während der Februar endete und der Frühling langsam Einzug hielt, unten angekommen, doch es ging noch weiter nach unten. Es war, als würde man endlos graben, tiefer, tiefer, tiefer, während Xu erschien und verschwand, und erschien, und verschwand, wie eine schwindelerregende Halluzination, wie eine Glühbirne kurz vor dem Durchbrennen, bis schließlich auch ich, in dieser endlosen Dunkelheit, der Dunkelheit meines Kopfes grabend, verschwunden war.

Nachts tauchte oft Schanghai hinter meinen geschlossenen Lidern auf. Ich sah es vor mir, wie es wirklich war: unüberschaubar und fiebrig, geballt, bombastisch und erbärmlich, endlos. Doch dann wurden die protzigen Wolkenkratzer und die zerfallenen Lagerhäuser in meiner Fantasie zu den Ruinen Roms und den Löchern im Asphalt und zur sauberen Klinik meines Bruders. Als wäre der Raum nicht eine Frage der Anwesenheit, des Darin-Seins, des Hier-und-nicht-woanders-Seins, sondern ein sandiger Begriff, den das Leid formen oder durch die Finger rieseln lassen kann. Erwacht aus diesem wirren Halbschlaf, suchte ich im Dunkeln auf dem Nachttisch das Foto von Ruben. Nicht mehr das Handy. Nicht mehr Xus Nachrichtenflut. Ich suchte nur ein wenig Frieden. Ich schaltete das Licht ein, stand auf und schaute nach draußen. Auf die Straße unter den Laternen. Auch die Straße ist nur eine Idee: Ein Drang, irgendwohin zu gehen, weit weg von der Person, die einen verletzt hat, oder näher zu der, die einen gernhat.

Es war der 2. März, es war achtzehn Uhr. Meine mentale Erschöpfung hatte einen vollständigen Zyklus durchlaufen und war an einem toten Punkt angelangt, zeitlich und körperlich. Sie hatte mich mit leerem Kopf und einer Reihe kleiner Narben zurückgelassen, die vielleicht verschwinden würden. Einige bestimmt. Andere würden mich mit ihrem wulstigen und granulösen Gewebe für immer daran erinnern, was ich mir selbst anzutun vermochte. Eine andere Schule schickte mir ein Jobangebot. Ich schrieb eine positive Rückantwort, saß jedoch eine Stunde lang mit dem Finger auf der Maus da, unentschlossen, ob ich auf *Senden* klicken sollte. Irgendwann hörte ich das Handy auf dem Bett vibrieren. Es vibrierte leise, erst einmal, dann zweimal, dann dreimal, unter einem Berg aus Decken, unter einem Berg aus Gefühlen. Was für ein dumpfer Klang. Ohne Melodie, ohne Anspruch auf Schönheit. Das weiße Rauschen meiner Erwartung, des zerbrechlichen und verkrüppelten Wunsches, geliebt zu werden. Ich verließ das Haus und ging spazieren.

Ich ging stundenlang spazieren. Bis zum Zhongshan-Park. Dort wimmelte es vor Menschen, die tanzten, wie besessen von einer körperlichen, animalischen Freude. Sie tanzten und zappelten. Lachten. In Rot und Gelb und Blau gekleidet. Alte Leute spielten über Schachfelder gebeugt *mahjong*. Es gab Personen, die Pekingoper sangen. Siebzigjährige, die Walzer tanzten. Ich war wie betäubt von all dieser Freude, einer herrischen performativen Freude, einer wilden Hast, das Glück nach außen zu tragen. Ich begriff sie nicht ganz, aber sie war wie eine Droge. Sie war eine Erinnerung, die ich für immer bewahren wollte.

Ich aß in einem leeren Restaurant in der elften Etage einer Mall in der Nanjing Road zu Mittag. Vor dem Fenster sah ich Molly, von hinten: ihren sechs Meter großen Körper, die schwarzen Zöpfchen. Eine sehr blasse und sehr schöne Kellnerin kam. Ich hatte keine Lust, Chinesisch zu sprechen, also zeigte ich auf ein Hochglanzbild auf der Karte: ein *Ramen*-Gericht mit leuchtend rotem, vor Vitalität strotzendem Gemüse. Ich lächelte, gestikulierte, als verstände ich nichts von der Sprache. Ich war eine Fremde: eine Fremde in China, eine Fremde in mir selbst. Ich empfand einen seltsamen Frieden: jenen Frieden, der sich in einem ausbreitet, wenn man unten angekommen ist, da der Geist nun der Aufgabe enthoben ist, den Fall zu stoppen.

Ich kaute langsam, ohne Hunger, und beobachtete dabei Kinder, die Schokoladentäfelchen auswickelten, und Paare, die sich schüchtern küssten. Ich war versucht, an Ruben zu denken, doch stattdessen dachte ich weiter an den scharfen Geschmack der haardünnen Nudeln, an das Gefühl auf der Zunge. Ich dachte an Vergangenheit-Gegenwart-Zukunft: In der chinesischen Grammatik sind sie ein und dasselbe. Eine einzige verschlungene Pflanze, von der wir nur die Blüte sehen. Wir bewundern sie, diese anmutige Blüte, und glauben an sie, weil wir nicht wissen, wie verflochten, fragil, monströs ihre Wurzeln sind. Ich dachte an die Pflanze auf der Fensterbank in meinem Zimmer in Rom. Ich griff nach dem Handy und wählte die Nummer von zu Hause.

»Mama, kannst du mich hören?«

»Ach, du bist es, Schatz. Wie schön, dass du anrufst. Ist alles in Ordnung?«

»Ja. Wie geht es der Pflanze auf meiner Fensterbank? Hast du sie gegossen? Lebt sie noch?«

»Hä? Welche Pflanze? Keine Ahnung. Rufst du deswegen an?«

»Ein chinesischer Geldbaum. Sieh mal nach.«

»Ich bin schon im Bett. Ich weiß nichts von einer Pflanze in deinem Zimmer.«

»Dann ist sie also tot. Als sie gestorben ist, hast du sie behalten? Hast du wenigstens eines ihrer Blätter in ein Buch gelegt?«

»Schluss jetzt. Was soll das alles?«

»Nichts. Sie war ein Geschenk von Ruben. Zu unserem Geburtstag. Du solltest dich eigentlich an sie erinnern.«

Langes Schweigen am anderen Ende der Leitung. Wenn man eine Person kennt, ist ihr Schweigen eine Art Brailleschrift, aus der man die Kontur alles Nichtgesagten herauslesen kann. Diesem Schweigen zu lauschen, während dieses interkontinentalen Anrufs, war wie ein plötzliches Entziffern der Gefühle meiner Mutter, davon, wie sie nach meiner Abreise mit der Trauer umgegangen war. In diesem Moment begriff ich, dass dies der Grund war, warum ich meine Eltern nie anrief oder ihre Anrufe entgegennahm. Weil ich nicht die Kraft hatte, ihrer Brailleschrift standzuhalten, den Lawinen und tiefen Tälern ihres Schmerzes. Weil ich bereits meinen eigenen hatte.

»Entschuldige. Deswegen habe ich nicht angerufen. Auch nicht wegen des Briefes. Lass uns von was anderem reden. Papa geht es gut?«

»Ja. Du fehlst uns. Wie ist Schanghai?«

»Weißt du, Mama, Orte sind mehr oder weniger so, wie man sie sehen will. Sie verändern sich mit dir.«

»Das heißt?«

»Nichts. Schanghai ist der Wahnsinn. Alles ist wunderschön, alles macht Angst. Das Essen ist seltsam und fantastisch. Es hat eine Art Persönlichkeit. Als könnte es dich angreifen. Dich traurig machen oder wirklich glücklich. Hör mal, Mama. Kann ich dir von einer Frau erzählen, die ich kennengelernt habe?«

»Aber ja, lass hören!«

Ich telefonierte eine Stunde lang, bis mein Guthaben aufgebraucht war. Ich redete mit meinem Vater. Dann rief ich meine beiden besten Freundinnen an: Auch auf ihre Nachrichten hatte ich schon länger nicht mehr geantwortet. Ich erzählte ihnen alles. Redete wie ein Wasserfall.

»Wie, hast du gesagt, heißt sie? Su?«

»Xu. Man spricht es Xu aus.«

Ich wiederholte ihren Namen mit religiöser Inbrunst, als würde ich sie auch jetzt, in diesem Gespräch mit anderen, rufen, heraufbeschwören, zu fassen versuchen. Meine Kehle war trocken, mein Herz verdorrt, ich war ein ausgetrockneter Fluss in einem einsamen Gebirge. Und ich wollte keine Ratschläge von ihnen, von keinem einzigen. Ich wollte billigen Trost, banale Floskeln, optimistische leere Worte, die man denen sagt, die man liebt, damit sie nachts besser schlafen. Und genau das war es, was kam. Eine Reihe von *Das wird schon wieder* und *Alles wird gut*. Eine Art Lossprechung. Von meiner Mutter, von meinem Vater, von meinen Freundinnen Emma und Olga. Ich schaltete das Handy aus und der Park wirkte mit einem Mal ganz anders. Die Paare hatten sich voneinander gelöst, einsame Menschen vagabundierten mit kleinen nervösen Hunden umher. Eine schwache Sonne schien halbherzig vom Himmel, ständig attackiert von Wolkenmassen. Die Umgebung, das Leben schienen plötzlich weniger im Widerspruch zu meiner Gemütsverfassung zu stehen. Ich stand auf. Beschloss, dass ich etwas tun musste. Das schuldete ich meinem Bruder. In seinem Brief, auf einem karierten Blatt, stand: *Wohin auch immer du gehst, ich werde in dir sein. Wie eine zweite Haut, aber weiter innen. Erkenne mich, hör nicht auf, mich zu lieben. Dich zu lieben. Ich werde dich niemals verlassen.*

29 ABGESCHNITTENE ARME

An Xus Geburtstag, dem 6. März, gingen wir in den Donglin-Tempel in einem Vorort von Schanghai, einen Tempel aus dem Jahr 1308, der mehrfach durch Kriege und Feuer zerstört worden war. In seinem Inneren saß eine siebenundzwanzig Meter hohe Statue der Göttin Guanyin auf einem zwei Meter hohen Lotos. Sie hatte viele Arme und ein wunderschönes strenges Gesicht. Sie war die Göttin des Mitgefühls. »Hab Erbarmen mit mir«, bat ich sie laut, und meine Stimme schien mir von einem staubigen Ort, aus der schmutzigen Besenkammer eines Hauses zu kommen.

Der Legende zufolge war Guanyin ein Mädchen, das eine buddhistische Nonne werden wollte. Der Vater war dagegen. Er wollte sie an einen wohlhabenden Mann verheiraten wie seine anderen Töchter. Also verstieß er sie. Jahre später wurde er krank und ein Mönch sagte zu ihm: »Um gesund zu werden, musst du einen Trank einnehmen, der aus den Armen und Augen von jemanden gebraut wurde, der sie dir freiwillig geben will.« Auf dem Gipfel des Duftenden Berges wohne ein *Bodhisattwa* des Mitgefühls, fügte der Mönch noch hinzu. Also entsandte der König einen Boten, der, auf dem Berg angekommen, entdeckte, dass der *Bodhisattwa* ebenjene Tochter war. Das Mädchen – die Haut blass und durchscheinend, der Leib ausgezehrt, der Geist vielleicht verwirrt vor Hunger – schnitt sich Arme und Augen ab und überreichte sie ihm. Der Vater trank den aus den Körperteilen seiner Tochter gebrauten Sud und seine Krankheit verflog. Die Tochter suchte ihn auf, um ihm zu sagen, was sie getan hatte, damit er ein bisschen weine. Eine Form des Opfers, eine Form der Liebe: Das eine lässt sich leicht mit dem anderen verwechseln, wenn man nicht genug geliebt wird.

An diesem Nachmittag, im Schlachthof, als ich mich nach einem Orgasmus und einer so abenteuerlichen wie sinnlosen Unterhaltung unter dem Einfluss der gelben Pille wieder gesammelt hatte, sah ich auf meine Hände: Es waren vier, sechs, acht, wie die von Guanyin. Mir wurde klar, dass ich mich in der Dosis vertan hatte. Dass dich zu viele gelbe Pillen aus dir selbst herausfließen lassen wie eine Suppe, die überläuft. Ich blickte mich um. Der Schlachthof funkelte. Ein riesiger, düsterer Spiegel aus Glas und Stahl, der nichts reflektierte. Ich erinnerte mich dunkel daran, dass ich, während Xu die Toilette suchte, die Kugel aus Stanniolpapier geöffnet hatte, die sich in ihrer Tasche befand, und noch eine Pille genommen hatte. Einfach so. Nur, um bis zum Äußersten zu gehen.

Ich versuchte aufzustehen, aber das Gewicht der vielen Arme brachte mich ins Wanken. Manche baumelten schlaff und willenlos herunter, andere waren muskulös und hielten etwas in der Hand. Waffen. Folterwerkzeuge. Ich hatte sie gesehen, diese Werkzeuge, in den Händen der Statue. Aber ich begriff nicht, was sie mit Mitgefühl zu tun hatten.

Mein Kopf fühlte sich an wie ein alter, leer an einem Haken hängender Topf, verkratzt vom vielen Kochen. Ich bewegte mich langsam. Das Licht, das durch das Loch in der Decke hereinfiel, war sengend und strohfarben. Der Frühling, der sich vorkämpfte. Der langsam, mit schaler Beharrlichkeit, den Winter ausmerzte. Mein Herz schlug viel zu schnell, irgendwo in diesem Gewirr aus Armen, von denen einige vor der Brust verschränkt waren und Resignation vorgaukelten. Ich kniff die Augen zusammen: viel zu viel Licht. Es ergoss sich von oben in das leere Atrium, über das Loch im Zentrum des Bauwerks, erschaffen, um ständige Sonne, ständige gute Sicht auf das Massaker zu garantieren. Ich war dem nicht gewachsen. Ich war der Ankunft einer neuen Jahreszeit einfach nicht gewachsen. Den Blumen, die sich am Rand der Städte ausbreiteten und den Duft von Wiedergeburt verströmten, dem Himmel, der sich öffnete wie die Poren der Haut in einer heißen Badewanne, dem Frühling, der zum Sommer wurde, als könnte sich alles erneuern. Ich zitterte, sah verschwommen. Ich fürchtete, ohnmächtig zu werden.

Xu tauchte auf. Sie kam zurück von der Toilette. Wirkte im Licht ganz gelb, eine glitzernde Henkerin, und ich spürte die Wahrheit wie Erbrochenes aus dem Mund stürzen.

»Los, sag es mir. Warum verschwindest du immer so?«

»Du klingst komisch. Wie viele Pillen hast du genommen?«

»Antworte.«

»Du weißt, warum. Ich muss nachdenken.«

»Kannst du nicht mit mir zusammen nachdenken?«

»Was für ein Unsinn. Gedanken brauchen Raum.«

»Ich kann nachdenken, auch wenn wir uns umarmen. Das genügt mir als Raum.«

»Wir sind verschieden. Und außerdem weißt du es ganz genau. Du liebst mich genau deshalb, weil ich weggehe.«

»Versuch nicht, mich zu analysieren. Du weißt nichts von mir.«

»Im Gegenteil, ich weiß alles. Du bist so leicht zu lesen wie ein Bilderbuch. Du liebst mich, weil ich erst da bin und dann nicht mehr. Als wäre ich dein Bruder.«

»Wie bitte?«

»Gib es zu. Als er noch am Leben war, hast du ihn beneidet, du wolltest die Liebe, die er erhielt, die Aufmerksamkeit, die er bekam, sein Licht … Aber das war keine Liebe. Es war eine krankhafte Bindung, genährt von deiner Frustration, nicht wie er zu sein. Von deinen vergeblichen Versuchen, ihm nachzueifern. Jetzt, da er tot ist, kannst du ihn endlich tatsächlich lieben. Weil du technisch gesehen mehr Dinge hast als er.«

»Du bist ein Monster … Du bist …«

»Ach, ich bin also ein Monster? Ich bin ein Monster, weil ich frei bin? Weil ich schlafe, mit wem ich will? Weil ich niemandem Rechenschaft über meine Freiheit ablegen will?«

»Nein. Du bist ein Monster, weil du meine Zerbrechlichkeit ausbeutest, weil du meinen Schmerz nimmst und gegen mich verwendest.«

»Du bist eine Meisterin darin, die anderen zu verurteilen, was? Aber wenn ich mich recht erinnere, hast du immer allem zugestimmt … Du wolltest, dass ich dir wehtue. Du wolltest dich bestrafen. Dich bestrafen, weil du deinen Bruder überlebt hast, seinen Tod, deinen eigenen Neid … Dich bestrafen, weil du immer seinen Platz einnehmen wolltest, und dein Wunsch Wirklichkeit geworden ist …«

Ich zitterte am ganzen Leib, doch zum Glück hinderte die beruhigende Wirkung der Pille meinen Organismus daran, in glühende Panik zu verfallen. Xu legte mir die Hand auf die Wange, wie um mich zu streicheln, aber die Hand bewegte sich nicht, als wollte sie nur fühlen, ob ich noch existierte.

»Fass mich nicht an!«

»Oh, hör auf zu heulen, du bist hässlich, wenn du heulst …«

Wütend wischte ich mir die Tränen ab.

»Verschwinde! Verschwinde aus meinem Leben! Es ist vorbei mit meinem Opfer.«

»Opfer?«

»Ich will dich nicht mehr sehen. Nie mehr.«

Sie sank auf die Knie. In den Staub, auf den schmutzigen Fußboden. Eine überraschende Pose. Wie eine Marionette, deren Fäden plötzlich locker gelassen werden. »Bitte, verlass mich nicht«, sagte sie und begann zu weinen. Instinktiv wollte ich ihr eine Hand aufs Haar legen und sie sanft streicheln, wie es Guanyin getan hätte. Wie ich es noch wenige Stunden zuvor getan hätte. Aber etwas Starres, Unbewegliches hatte sich meiner bemächtigt. Ich wollte meine Augen und meine Arme zurück, das frische Fleisch, das ich im Tausch gegen eine Liebesillusion geboten hatte. Mein Geist war verwirrt, belagert von aufblitzenden Bildern: die glänzenden Wolkenkratzer, die lärmenden Tiere auf dem Insektenmarkt, und dann die alte Fabel, in der alle Tiere des Waldes Buddha etwas schenken, nur das Kaninchen hat nichts und bietet ihm deshalb sein Leben als Geschenk an.

Ich stand einfach nur da und schaute Xu an, ohne einen Muskel zu regen, ohne etwas zu sagen. Ihr Blick war leer, voller Not, ihr Weinen wurde stärker, es wurde lauter und schriller, wurde zu einem endlosen, tausendfachen Echo ihres *Bitte verlass mich nicht*: eine alberne Spieluhr in Dauerschleife, ein anachronistisches Flehen, das an die Personen aus ihrer Kindheit gerichtet war, nicht mehr an mich. So hatte ich es mir nicht vorgestellt, ihr Weinen. So marode, so irreparabel.

»Weißt du, was ich als kleines Mädchen gegessen habe?«, fragte sie.

»Sag schon.«

»Hund. Und andere Sachen für Jungen. Wusstest du, dass das Essen hier in Essen für Jungen und Essen für Mädchen unterteilt ist? Sie ... sie wollten einen Jungen aus mir machen.«

»Das hast du mir schon erzählt.«

Sie sah zu mir auf, mit feuchten Augen. Ihr Blick hatte sich verändert, war unstet, besorgt. Sie spürte, dass meine Worte an sie nun intakter waren. Nicht mehr von Angst und Bedürftigkeit durchlöchert.

»Aber andere Dinge habe ich dir noch nicht erzählt.«

»Was?«

Ein dumpfes Geräusch irgendwo in der Ferne ließ sie zusammenzucken. Sie sah sich um. Dann starrte sie mich wieder an.

»Mein Vater hat mich oft verprügelt.«

»Das hast du mir auch schon gesagt.«

»Aber von meiner Mutter hab ich noch nie geredet.«

»Nein.«

»Sie war krank, als ich noch ganz klein war. Sehr krank. Deshalb bin ich bei meiner Großmutter aufgewachsen.«

»Das tut mir leid«, sagte ich. Doch es tat mir nur wegen mir selbst leid. Die Frist war abgelaufen. Jede Beziehung hat eine begrenzte Zeit, in der man Traumata und Vertraulichkeiten ausspeien kann, danach darf man keine Empathie mehr erwarten, höchstens ein distanziertes Verständnis.

»Ich wusste nicht, dass sie krank war, weil sie es schon war, bevor ich auf die Welt kam. Also dachte ich, dass alle Mütter Medizin verschlingen wie Katzen Fleischsülze. Ich dachte, dass alle Mütter ab und zu verschwinden, dass sie in Krankenhäusern verschwinden. Und dass man auf sie warten musste, ohne zu essen, weil sie sonst nicht zurückkehren würden.«

»Ohne zu essen?«

»Ja. Sag ich doch ... Ich dachte, alle Mütter würden sich, wenn sie müde waren ... in Rollstühle setzen. Ich dachte, sie alle hätten schlaue Freundinnen mit Stethoskopen um den Hals, die vorbeikamen, um nachzusehen, ob sie glücklich waren, ob mit dem Körper alles in Ordnung war ...«

Ich betrachtete ihre verletzliche Miene. Ihre angespannten Schultern. Ihre Haltung. Ich hatte sie noch nie so gesehen. Zärtlichkeit wallte in mir auf. Aber eine längst vergangene Zärtlichkeit, wie die plötzliche Erinnerung an einen Film.

»Die Krankheit, die meine Mutter hatte, war nicht lebensbedrohlich, aber sie wurde falsch behandelt, als sie noch ein Kind war, und deshalb ist sie nie mehr richtig gesund geworden. Dann, als ich zehn war, hat sich die Krankheit verschlimmert, und ich habe meine Mutter nur noch liegend gesehen, in einem Bett oder auf einer Bahre. Also durften auch alle meine Puppen nur noch liegen. Wie sahen deine Puppen aus?«

»Schrecklich. Mit schlecht aufgemalten Augen. Ich habe lieber mit den Bauklötzen meines Bruders gespielt. Ich will gerade nicht darüber sprechen.«

»Und worüber willst du dann sprechen?«

Sie lächelte traurig, hoffnungsvoll.

»Über nichts, Xu. Ich will über nichts mehr sprechen mit dir. Im Gegenteil, ich gehe jetzt.«

»Nein. Bitte nicht. Du kannst so nicht gehen. Du bist high.«

»Tu nicht so, als ob dich das interessieren würde. Du willst nur, dass ich nicht gehe.«

»Nein. Ich brauche niemanden.«

»Im Ernst jetzt, immer noch diese Farce? Wann hörst du endlich damit auf? Kannst du nicht einmal ehrlich sein? Verwundbar, echt?«

»Du bist so kalt. Viel zu kalt. Hart. Das will ich nicht.«

Sie schlug die Hände über dem Kopf zusammen. Sie war auf eine abstoßende Art zerbrechlich. In diesem Moment kam etwas durch die Tür. Ein dunkler, fiebriger, horizontaler Schatten. Es waren Katzen. Dutzende Katzen. Sie verteilten sich in der Halle. Miauend. Eine näherte sich Xu und schnupperte ihr an der Hand.

»Komm her«, flehte Xu mich an.

Ich beugte mich zu ihr hinab, die noch immer auf dem Boden kniete wie die Nullachtfünfzehn-Bräutigamsfigur auf einer Hochzeitstorte. Ich küsste sie. Ihr Mund schmeckte kalt. Plötzlich überkam mich etwas. Ich biss ihr in die Lippe. Verblüfft wich sie zurück. Tastete nach dem Rinnsal aus Blut und hielt dann die Hand der Katze hin, die sie abzulecken begann. Ich nahm meine Sachen und ging. Xu sah mich gehen, noch immer zusammengekauert, die Katze neben sich. Am Eingang drehte ich mich ein letztes Mal um: Plötzlich waren nur noch die Katzen zu sehen, eine unförmige, wimmelnde Masse. Sie war verborgen im Schatten, unsichtbar. Ich verspürte einen stechenden Schmerz, den ich auf wundersame Weise zu ignorieren vermochte.

Als ich zu Hause ankam, war der Tempel des Friedens und der Ruhe noch immer beleuchtet. Es war ein Feiertag: An den Feiertagen bleibt alles beleuchtet. Ich wusste nicht, um welches Fest es sich handelte. In den Straßen herrschte fieberhaftes Treiben. Ich dachte, dass ich auch in dieser Nacht nicht schlafen würde, aber bald würde es mir besser gehen. Bald würde alles wieder repariert sein. So ist es immer. Die Baustellen werden zu Bonbongeschäften, das überflüssige Fleisch in der Taille verschwindet und die Form des Skeletts kommt wieder zum Vorschein. Die Kinder werden zu Erwachsenen und die Erwachsenen hören irgendwann damit auf, immer wieder zu Kindern zu werden. Die Kindheit vernarbt: Sie wird hart, gefühllos, tut nicht mehr weh. Lieben werden zu Erinnerungen an Orte und Taten, an Teile von Körpern. Xu würde auch etwas in der Art werden. In meinem Kopf. Etwas Kaltes. Eine Vorstellung.

Endlich im Bett, konnte ich nicht einschlafen: Draußen war zu viel Licht, zu viel Leben. Morgen würde ich ganz sicher an der Rezeption um einen Vorhang, eine Jalousie bitten. Um irgendwas, um alles zu verdunkeln. Ich stand auf, um ein Glas chemisches Leitungswasser zu trinken: Mein Wasserflaschenvorrat war aufgebraucht.

Draußen war immer noch alles erleuchtet. Ich dachte, dass Schanghai einem von Schlafmangel vergifteten Gehirn glich. Ich dachte, dass es wunderschön war und mir wehtat und ich woanders sein wollte. Jemand anders sein wollte. Ich stellte das Foto von Ruben und mir auf die Fensterbank, wo uns der festliche Schein der Straße erreichen, uns mit Licht überfluten konnte.

30 HÄNDE

Die Liebe ist nichts rein Menschliches. Die Fische lieben das Meer über die Kiemen, es ist eine derart tyrannische Liebe, dass nur wenige Augenblicke der Abwesenheit vom Meer genügen, um sie zu töten. Die Fledermäuse haben so scheußliche Gesichter, weil ihre Körper der Liebe zur Dunkelheit verfielen, bis sie davon entstellt wurden. Die Quallen schmelzen sofort in der Sonne, von der sie nicht wussten, dass sie nach ihr verlangen. Die Ameisen laufen aus verzweifelter Leidenschaft für einen Krümel in einer Reihe hintereinanderher. Die Katzen hinterlassen auf den Knöcheln kleine Bisse, die Siegeln ähneln, und lieben uns mit einer Liebe, die nur im Schmerz zum Vorschein kommt.

Ich weiß nicht mehr genau, was während der nächsten zehn Tage geschah. Ich weiß noch, dass der Fußboden von Zeitungen übersät war, die ich nicht weggeworfen hatte. In einer stand, im Schlachthof sei ein neues Café eröffnet worden. Auf dem Foto sah man eine endlose Schlange, hypnotisierte, erwartungsfrohe Gesichter. Aber es zeigte einen anderen Ort, einen anderen Schlachthof, eine andere Stadt. Ich weiß noch, dass ich Serien von vorn schaute, die ich bereits auswendig kannte. Die Witze schon zu kennen, tröstete mich. Ein Einlullen des Gehirns. Ich aß leicht angefaultes Gemüse und strohiges, liebloses Obst. Kleine bräunliche Äpfel und Birnen, die an den Zähnen schmerzten. Ich redete mit meinen Eltern, jeden Nachmittag: Wir sahen uns auf dem Bildschirm, über Skype, sie sagten »Du bist hübscher geworden«, ich machte andere Komplimente, ebenso nette Komplimente, und ihr Zuhause, mein Zuhause im Hintergrund kam mir anders vor, gleich, aber abstrakter, wie ein geträumtes Zuhause. Ich ging spazieren, aber nur, wenn es dunkel war. Ich betrachtete die unbeleuchteten Schaufenster. Auf die Nacht folgte der Tag, wie immer, auch wenn man sich gerade entliebt.

Ich brauchte sechs Tage für den Entschluss, nach Rom zurückzukehren, und drei weitere, um das Flugticket zu kaufen. Während ich auf den Bildschirm starrte, erschienen mir die Termine und Uhrzeiten bedrohlich und sinnlos wie die Notausgangsschilder, die nachts im Korridor ab und zu ohne Grund tröteten. Aber mein Entschluss stand. Ein Kreis hatte sich geschlossen und es war nicht wichtig, ob er für mich Sinn ergab. Wenn ein Kreis sich schließt, katapultiert es einen kurzzeitig aus der Geometrie, doch dann ist man gezwungen, nach einer anderen Form zu suchen. Emma und Olga ermutigten mich über E-Mail, versprachen mir Aperitifs und Lachen und Shopping und Seelenfrieden. Eine Art Zukunft. Ich dankte ihnen und gab mich hoffnungsvoll, stark, entschieden.

Der Anruf kam um drei Uhr morgens. Es war Xu, die weinte, am anderen Ende der Leitung. Nein, es war nicht Xu. Es war ein Mädchen mit einer ähnlichen, aber etwas schrilleren Stimme. Sie sagte: »Komm schnell zu Xu.« Ich saß auf dem Rand des Bettes, mir war ganz schwindlig vor Verwirrung. »Was ist passiert?«, fragte ich. »Das erzähl ich dir später, ich bin's, Biyu«, antwortete sie. Der Schock verschlug mir die Sprache. »Ich bin's, Kelly!«, sagte, nein schrie sie fast, weil sie dachte, ich hätte nicht begriffen.

Hastig, mit rasendem Puls, schlüpfte ich in meine Kleider, nachdem ich Xu vergeblich zu erreichen versucht hatte. Im Eingang stolperte ich über den bereits fertig gepackten Koffer mit dem Rucksack und dem ausgedruckten Flugticket obenauf. Für einen kurzen Moment fragte ich mich, ob ich noch träumte. War es vielleicht einer dieser harmlosen, umkehrbaren Albträume der letzten Tage?

Ich trat ein. Sah Kelly mit dem Rücken zu mir dastehen, verborgen im Halbschatten. Die groteske Masse gelben Haares: ein Mädchen, verkleidet als Sailer Moon. Ich brachte kein Wort über die Lippen. Schaute zu Boden. Auf dem Boden lag Xu. Mit geschlossenen Augen, die geöffnete Hand voller gelber Pillen.

»Hast du … du hast schon … Hast du den Rettungsdienst gerufen?«

Kelly drehte sich langsam um. Ein eigenartiges Gefühl beschlich mich. Als hätte sie mehrere Gesichter. Eines für jeden Namen. Mehrere Gesichter, mehrere Namen übereinander, unzählige Fragmente, die einen unergründlichen Gesichtsausdruck ergaben. Da war ein Lächeln, eine Spur Trauer, etwas Untröstliches und vielleicht auch ein Hauch Neugier.

»Ja, klar hab ich ihn gerufen. Aber zuerst hab ich dich angerufen.«

Ich beugte mich über Xu.

»Xu. Xu, antworte, bitte.«

»Ruben. Nur dass du es weißt, Xu liebt dich, das mit mir war nichts Ernstes.«

»Egal, nicht jetzt.«

Ich schob Xu die Hand unter den Kopf. Ich wusste nicht, was ich tun sollte.

»Schon klar. Aber ich wollte es dir trotzdem sagen.«

Mir war schlecht vor Angst. Ich schüttelte sie an der Schulter. Plötzlich spürte ich ein Zucken. Ein elektrisches Kribbeln in ihrem Hals, das sich auf meine Finger übertrug. Sie lebte. Sie zuckte, krümmte sich zur Seite und erbrach sich. Ich lachte vor Freude und Erleichterung. Kelly stieß einen spitzen Schrei aus und holte Küchenpapier. Sie wischte ihr den Mund ab. Kurz darauf hörten wir die Sirene des Krankenwagens.

»Ich fahre mit ihr mit«, sagte ich. Kelly nickte lächelnd. Ich dachte, dass sie schön war und dass ich das nicht bemerkt hatte und dass ihr diese grelle, unwirkliche Haarfarbe stand. Ich dachte für den Bruchteil einer Sekunde an alle möglichen Formen der Liebe wie an alle Wellenlängen des Lichts. Im Krankenwagen hielt ich Xus Hand, die ganze Zeit, eine endlos lange und zerbrechliche Zeit, wie die des ersten Schultags. Xu lag mit halbgeschlossenen Augen da und bohrte mir die Finger in die Handfläche. Der Krankenwagen machte einen Ruck, schien abzuheben, landete wieder, und plötzlich, keine Ahnung warum, musste ich lachen. Xu riss die Augen auf wie die verklärte Heilige eines Votivbilds und sagte: »*Wo ai ni*«, was *Ich liebe dich* bedeutet – auch wenn sich im Inneren des Ideogramms *Liebe* Krallen verbergen und außerdem die Nacht, eine endlose Dunkelheit, sollte man es analysieren wollen, sollte man wirklich alles analysieren wollen, was das größte Problem des Lebens und des Menschseins ist – und ich sagte ebenfalls: »*Wo ai ni*«, auf die Aussprache achtend, darauf achtend, dass sie meinen Worten Glauben schenkte, wie ich eben den ihren Glauben geschenkt hatte.

Die Türen des Krankenwagens öffneten sich auf einen gewaltigen Parkplatz, ein Krankenhaus, einen Himmel aus verschlungenen Farben. »Sagst du mir jetzt endlich, wie du heißt?«, fragte Xu. Sie lächelte, ich lächelte. Die Sonne war dabei aufzugehen.

Die italienische Originalausgabe erschien 2021 unter dem Titel »Fame Blu« bei La nave di Teseo, Mailand

Der Verlag behält sich die Verwertung der urheberrechtlich geschützten Inhalte dieses Werkes für Zwecke des Text- und Data-Minings nach § 44 b UrhG ausdrücklich vor.
Jegliche unbefugte Nutzung ist hiermit ausgeschlossen.

Das Zitat auf S. 7 stammt aus Octavio Paz, Sonnenstein, aus: Liebesgedichte, Insel Verlag, Berlin 2011, S. 72

Die Übersetzung dieses Buchs erfolgte mit finanzieller Unterstützung des italienischen Ministeriums für Auswärtige Angelegenheiten und Internationale Zusammenarbeit.
Questo libro è stato tradotto grazie a un contributo per la traduzione assegnato dal Ministero degli Affari Esteri e della Cooperazione Internazionale italiano.

MIX
Papier | Fördert gute Waldnutzung
FSC® C104608
FSC www.fsc.org

Penguin Random House Verlagsgruppe FSC® N001967

1. Auflage
Deutsche Erstausgabe Oktober 2024
Copyright © der Originalausgabe 2021 by Viola Di Grado
© der deutschsprachigen Ausgabe 2024
btb Verlag, München,
in der Penguin Random House Verlagsgruppe GmbH
Umschlaggestaltung: semper smile, München
nach einem Entwurf von Luke Bird unter Verwendung eines Motivs von © Joseph Reid/Plainpicture
Satz: Uhl + Massopust, Aalen
Druck und Einband: Nørhaven A/S, Viborg
sl · Herstellung: kh
Printed in Denmark
ISBN 978-3-442-77473-9

www.btb-verlag.de
www.facebook.com/penguinbuecher